福尔摩斯
探案全集

The
Complete
Sherlock
Holmes

近百年来全世界最畅销的侦探小说！
永远的福尔摩斯是历史上最受读者推崇的，绝对不能错过的侦探之王
读者在匪夷所思的事件、扑朔迷离的案情、心思缜密的推理、惊奇刺激的冒险中
尽享侦探小说的独特魅力！

The
Complete
Sherlock
Holmes

福尔摩斯
探案全集
The
Complete
Sherlock
Holmes
4

希腊译员
最后一案

（英）柯南·道尔／著

王逢振 等／译

Sir Arthur Conan Doyle

山东人民出版社

全国百佳图书出版单位 国家一级出版社

图书在版编目（CIP）数据

希腊译员·最后一案 /（英）柯南·道尔著；王逢振，许德金等译 . — 济南：山东人民出版社，2014.6

（福尔摩斯探案全集）

ISBN 978-7-209-08208-2

Ⅰ . ①希… Ⅱ . ①柯… ②王… Ⅲ . ①侦探小说 – 小说集 – 英国 – 现代 Ⅳ . ① I561.45

中国版本图书馆 CIP 数据核字 (2014) 第 034870 号

责任编辑：王　路　王媛媛

希腊译员·最后一案

（英）柯南·道尔　著　王逢振　许德金　等译

山东出版传媒股份有限公司
山东人民出版社出版发行

社　　址：济南市经九路胜利大街 39 号　邮 编：250001

网　　址：http:// www.sd-book.com.cn

发行部：（0531）82098027 82098028

新华书店经销
山东海蓝印刷有限公司印装

规　　格　　16 开（170mm×240mm）
印　　张　　10
字　　数　　150 千字
版　　次　　2014 年 6 月第 1 版
印　　次　　2014 年 6 月第 1 次
ISBN　978-7-209-08208-2
定　　价　　24.80 元

如有质量问题，请与印刷厂调换。（0531）88909532

译　序

王逢振

　　福尔摩斯是一个塑造得十分成功的人物典型。从他身上反映出的侦探经验和方法，至今仍有一定的借鉴意义；欧美一些警察学校，现在还常常选用福尔摩斯的一些案例作为考题或案例分析的楷模。概括起来，大体上有下面几点：

　　一、福尔摩斯十分重视调查研究。他对自己所承办的案件，几乎毫无例外地要到现场进行仔细勘查，即使是未烧完的纸团、灯花的形状也不肯放过。他善于从各个方面对案例进行分析，"很镇静地运用思绪，正像弈棋的好手，深谋远虑地挪动他的棋子一般"。在分析研究的基础上，他进而提出一定的假想，指出矛盾和问题，带着这些矛盾和问题，进一步深入调查，然后仔细研究，剖析案情，解决问题。

　　二、福尔摩斯对待案子极端热情、认真。他常常不避艰险，废寝忘食，深入虎穴，侦查案情，有时深夜里到贼巢进行查访，有时甚至在自己身上进行毒气实验。他认真观察人物的言谈举止、面部表情，对周围的环境、人们的反映、报纸的新闻和广告，他都进行仔细地了解。哪怕是家具的摆设，家禽家畜的叫声，他也与案情联系起来考虑。正因为如此，他对案情的判断都能列出令人信服的事实根据。

　　三、福尔摩斯善于运用心理学和逻辑学。他观察人们的心理活动，把心理活动与证据材料密切联系起来，进行周密的逻辑推理，梳理案情的脉络，抓住要领，进行充分的研究，然后再做出判断。另外，福尔摩斯十分注意搜集和积累资料，从各种案例到报纸杂志，只要案情需要，他都可以信手拈来，查阅参考。他还对犯罪学和法医学进行必要的学习和研究，不断扩充自己的知识，这对他的破案活动也起了十分有益的作用。

福尔摩斯的探案经验和侦查方法，对于我们今天的公安、司法工作，仍然具有一定的借鉴意义。

但是，福尔摩斯并不是一个真实存在的侦探，小说也不是专门总结他一生的侦查经验，因此福尔摩斯身上存在着许多虚构成分。这主要表现在神秘主义方面。几乎所有的故事，都存在着"魔鬼的烙印"。尤其在《归来记》之后的作品里，这一缺陷更为明显，好像从"脸部的变动、眼光的变化、嘴唇的闭合、拳头的握紧或松开"，都可以正确地判定一个人的思想活动，判断一个案件的因果。这在一定程度上反映了作者已经失去创作这类故事的热情，只是为了满足出版者和读者的愿望，凭着主观想象臆造出来。这正是柯南·道尔1902年以后的作品不及以前的作品成功的原因。另外，作者处处宣扬福尔摩斯个人的侦查才能，好像在探案方面他是一个无所不能的天才，一切案件的侦破似乎全是单枪匹马、完全是个人的功劳。而且在后来的作品里，他常常凭着自己的想象就能对各种案件做出正确的判断。这种孤立的、主观主义的因素，无疑是不足取的。

在《福尔摩斯探案全集》中，柯南·道尔虽然涉及社会上的犯罪问题，客观上反映了当时一些社会情况，但毕竟不是有意识地描写社会现实、提出社会上的道德问题和犯罪问题，而只不过是借用这些问题(或者虚构一些这方面的问题)，创造一系列引人入胜的故事罢了。正如西方评论家戈德史密斯所说："一本书可以有上百条谬误，但它却十分有趣。"因此即使柯南·道尔的福尔摩斯缺乏深刻的、真正的社会意义，但其创作侦探小说的艺术技巧依然对后来产生了相当大的影响。用华生回忆并直接参与侦探的手法，使人觉得像听故事一样舒适；把行动与知识结合起来，进行逻辑推理，使人感到真实可信；对惊险场景的构思和描写，常常为今天的侦探小说所借鉴。

虽然正统的文学史对柯南·道尔和他的侦探小说不予重视，但是随着欧美侦探小说的不断流行和发展，近些年来，一些西方批评家开始对他进行新的估价，柯南·道尔作为侦探小说早期的重要作家，侦探小说作为风靡欧美的一个文学流派，两者都应该在文学史上占有适当的位置。

2010年3月

目 录

福尔摩斯
探案全集

The
Complete
Sherlock
Holmes

证券经纪人的书记员

结婚后不久，我从老法夸尔先生手中买下了一个位于帕丁顿区的小诊所。老法夸尔先生的诊所曾经有过一段辉煌的岁月，但是随着他年龄的增长，以及一种舞蹈病对他的折磨，他的诊所生意越做越不好。人们总是认为：只有自身健康的医生才是医术精湛、值得信任的医生，如果连自己也治不好，那就更谈不上能治好别人了。所以，随着他的身体状况越来越差，他的收入也越来越少，从每年一千二百镑直滑到三百镑。但是，我正值盛年，年轻力壮，精力充沛，而且自认为医术不错，所以我相信几年后诊所的生意就会兴旺起来。开业后三个月，我一直医务缠身，很少见到我的朋友夏洛克·福尔摩斯。我因为忙，所以没时间去贝克街，而福尔摩斯除非有必要的事，否则他是不会出门的。

六月里的一天清晨，吃过早餐后，我正坐下来阅读《英国医务杂志》，忽然铃声响起，随后就传来我老朋友那高亢刺耳的话语声，这令我十分惊讶。

"啊，我亲爱的华生，"福尔摩斯大步走进房中说，"非常高兴见到你！我想'四个签名'案件让贵夫人受了惊，现在一定完全恢复健康了吧？"

"谢谢你，我们俩都很好。"我非常高兴地握着他的手说。

"我也希望是这样，"他坐到摇椅上继续说，"尽管你从事医务工作，也请不要把你对我们小小的推理法产生的浓厚兴趣完全遗忘了。"

"正相反，"我说，"就在昨晚，我刚把原来的记录整理了一遍，而且按照破案成果进行了分类。"

"那么，你的资料搜集到此就结束了吗？"

"噢，不。我希望有更多这样的经历。"

"既然这样，你认为今天如何？"

"当然，如果你愿意，今天就去吧。"

"你介意去比较远的地方吗？比如伯明翰？"

"如果你愿意，我当然没问题。"

"那么你的诊所怎么办？"

"我邻居外出，我就替他行医。他正想着该怎么报答我这份情呢！"

"哈！好极了！"福尔摩斯仰靠在摇椅上，微闭着双眼仔细地看着我，"我发现你最近有些身体不好，夏天感冒实在是有些让人讨厌。"

"上星期我得了重感冒，三天没有出门。但是，我现在已经没问题了。"

"不错，你看起来很强壮。"

"那么，你根据什么认为我生过病呢？"

"我亲爱的朋友，你是了解我的方法的。"

"那么，又靠你的推理法了。"

"完全正确。"

"从哪儿开始的？"

"从你的拖鞋上。"

我低头看了看我脚上穿的那双新漆皮拖鞋。"你到底是怎么……"我开始说。

可是福尔摩斯没等我问完就先开了口。

"这是一双新拖鞋，"他说道，"你买来仅有几个星期，可是朝我这边的鞋底已经烧焦了。开始我以为是鞋子湿了在火上烘干时烧焦的，但是鞋面上还保留着写着店员代号的圆纸片。沾过水的鞋子是不会还保留这代号纸片的，所以肯定是你靠近炉子烤火时烤焦了鞋底。一个正常的人，即使是在六月份这种潮湿的天气，也绝不会去烤火。"

就像福尔摩斯的所有推理一样，事情一旦说开，就像白开水一样简单。他从我的表情中看出了我的想法，有些嘲讽地笑了起来。

"让我这么一说，也就没有什么神秘的了，"他说，"只讲出结果往往能给人以深刻印象。不说这些了，你已经同意到伯明翰去了？"

"当然。是什么样的案子？"

"到火车上我再详细告诉你。我的委托人已在外面四轮马车上等候，能马上走吗？"

"稍等一下。"我匆忙地给邻居写了一张便条，跑到楼上向我妻子说明了一下，一会儿便坐上了福尔摩斯早已等在阶前的马车。

"你的邻居是一个医生？"福尔摩斯向隔壁门上的黄铜门牌点头问道。

"对，跟我一样，他也买了一个诊疗所。"

"啊！那么，一定是你这边的生意比较好。"

"我想是这样。可你是怎么看出来的？"

"从台阶上看出来的，我的朋友，你门前的台阶比他的磨薄了约三英寸。请让我来介绍一下，马车上这位先生就是我的委托人，霍尔·派克罗夫特先生。喂，车夫，请快点，我们要赶火车。"

我坐在派克罗夫特先生对面，他是一个身材健壮、气度不凡的年轻人，表情坦率而恳切，有一点鬈曲的小黄胡子，戴一顶闪亮的大礼帽，穿一套朴素整洁的黑衣服，我们一眼就能看出他曾经是个聪明机智的城市青年。人们常常称呼他们为"伦敦佬"，他们当中的许多人都曾是声明远扬的义勇军团的成员。在英伦三岛上他们中间出现了很多优秀的体育家和运动员。他脸色红润，带着自然愉快的神情，但是我仍然从他下垂的嘴角上看出他心中的悲伤。然而，直到我们坐在头等车厢里，在去伯明翰的途中，我才知道他碰上了什么麻烦，知道他是为什么来找福尔摩斯的。

"我们要坐七十分钟的火车，"福尔摩斯说，"派克罗夫特先生，请再把你向我说过的那些经历仔细地讲给我的朋友。请不要漏掉任何细节，这对我们有很大帮助。华生，这个案子无论结果怎么样，都具有我们喜欢的奇异的特征。好了，派克罗夫特先生，你可以开始了。"

我们的年轻同伴两眼发光地看着我。

"这件事情最坏的是，"他说，"我似乎上当了。当然，又看不出来我已经上当了。不过，如果我真的丢掉了现在的工作，而又什么都没有得到，那么我就是个十足的大傻瓜。华生先生，我不怎么会讲故事，我遇到的事情是这样的：我以前在德雷珀广场旁的考克森和伍德豪斯商行工作，但是今年初春商行卷入了委内瑞拉公债券案，生意一落千丈，你一定还记得这件事。当商行破产时，我们二十七名职员全被辞退了。我在那里工作了五年，老考克森给了我一份评价极高的鉴定书。我四处去找工作，但是像我这样的人有很多，所以很长时间我都找不到可做的工作。我在考克森商行时每星期薪金三镑，我积累了大约七十镑，我就靠这一点积蓄维持生活，钱很快就被用光了。最后到了连应征广告的回信信封和邮票都买不起的地步，我跑了不知多少家公司、商店，磨破了靴子，但还是没有任何希望。

"我终于打听到在龙巴德街的一家大证券商行——莫森和威廉斯商行——有一个职位。也许你并不熟悉伦敦东部中央邮政区的情况，但我可以告诉你，这是伦敦城内最富有的一家商行。那家公司规定，必须通过信函应征它的招聘。我把我的鉴定书和申请书都寄了去，可是并不抱太大希望。但是我意外地接到了他们的回信，信中说，如果下星期一我能到那里，而我的外貌又合适的话，我就可以立刻去上班了。谁也不知道他们是怎么挑选的。有人说，可能经理把手伸到一堆申请书里随便捡起了一份。不管怎样，这次是我走运，我实在是太高兴了。薪水开始是一星期一镑，职务和我在考克森商行一样。

"现在我就要说到这件事的不可思议之处了。我住在汉普斯德附近波特巷17号的一个寓所。对了，就是得到录用通知的那个晚上，我正坐在房里吸烟，房东太太拿着一张名片进来，名片上面印着'财政经理人阿瑟·平纳'。我并不认识这个人，甚至没听过他的名字，我让房东太太把他请进来，心里想着这个人到底来干什么。进来的是个中等身材的人，头发、眼睛、胡须都是黑色的，鼻子有些发亮。他走路轻快，说话急促，让人感觉他一定是个很珍惜时间的人。

"'我想，你是霍尔·派克罗夫特先生吧？'他问道。

"'是的，先生。'我说，同时拉过一把椅子请他坐。

"'以前在考克森和伍德豪斯商行做过事？'

"'是的，先生。'

"'是莫森商行新录用的书记员吧？'

"'没错。'

"'啊，'他说，'是这样的，我听说你在理财方面表现得很出色，有许多优秀的成绩。你记得考克森的经理帕克吧，他对你总是称赞不已。'

"我很高兴听到有人这么说我。在工作上我确实很精明，但是从未设想过会得到人们的称赞。

　　"'你的记忆力怎么样？'他问。

　　"'还算可以。'我恭敬地回答道。

　　"'你失业以后是否还注意着商业动向？'他问道。

　　"'是的。我每天早上都要看证券交易所的牌价表。'

　　"'确实是下工夫了！'他大声喊道，'只有这样才能理财。你不介意我来测验一下你吧？请问埃尔郡股票牌价是多少？'

　　"'一百零六镑五先令至一百零五镑十七先令半。'

　　"'新西兰统一公债呢？'

　　"'一百零四镑。'

　　"'那么英国布罗肯·希尔恩股票呢？'

　　"'七镑至七镑六先令。'

　　"'妙极了！'他举起双手欢呼道，'和我了解到的行情分毫不差。我的朋友，到莫森商行去当书记员实在太委屈你了，大材小用啊！'

　　"对于他的表现我感到很惊讶。'啊，'我说，'别人可不像你这样替我着想，平纳先生。这份工作是我好不容易才得到的，我很喜欢它。'

　　"'不能这么说，先生，你总有一天会成为才俊，这个工作实在不适合你。我要告诉你，我很看重你的才能。我给你的职位和薪水，按你的才干衡量还不够高，但和莫森商行相比，肯定会让你满意。请告诉我，你打算什么时候到莫森商行去上班？'

　　"'下星期一。'

　　"'哈，哈！我想我可以冒险打个赌，你不用到那儿去了。'

　　"'不到莫森商行去？'

　　"'没错，先生。到那天你一定会成为法国中部五金有限公司的经理，这家公司在法国境内有一百三十四家分公司，另外在布鲁塞尔和圣雷蒙还各有一家分公司。'

　　"'这实在太让人惊讶了。但是，恕我直言，对于你这家公司，我一无所知。'我说道。

　　"'这也是很正常的事。公司一直在默默地营业，因为它的资金是向私人筹集的，生意做得很好，所以不需要向大众宣传。我兄弟哈里·平纳是创办人，担任总经理，而且是董事会的董事。他知道我在这里结交广泛，因此让我帮他找一个薪水要求不高而又精明强干的人，当然他必须是精力旺盛而又听话的年轻人。帕克谈到了你，于是我今晚到这儿来拜访你。我们开始只能给你五百镑的薪水。'

"'一年五百镑！'我情不自禁地高喊。

"'当然这只是在最初的时候。另外，凡是你的代销商完成的销售额，你都可以得到百分之一的佣金。你完全可以信任我，这笔收入会远远超过你的年薪。'

"'但是对于五金行业我一无所知。'

"'不能这么说，我的朋友，你懂会计啊。'

"我头脑发昏，几乎连椅子也坐不稳了。可是突然我产生了一个疑问。'我必须坦率地说，'我说，'莫森商行一年只给我二百镑，但是我相信莫森商行。啊，说实在话，我对你们的公司知道得实在是太少了……'

"'啊，精明，精明！'他一脸欣喜地高声喊道，'你正是我们需要的人，你不轻易相信别人，不容易被说服，这很正确。瞧，这是一张一百镑的钞票，如果你同意的话，你就把这预支的薪水收起来吧。'

"'那好吧，'我说，'我什么时候开始上班？'

"'明天下午一点钟在伯明翰，'他说，'我口袋里有一张便条，你可以拿它去找我兄弟。他在这家公司的临时办公室科波莱森街126号乙。但是你必须得到他的认可才行，我看你是没问题的。'

"'真是不知道该怎样表达我对你的感激之情，平纳先生。'我说。

"'不用这么客气，朋友，这是你凭实力得到的。现在有点小事你得办办，别担心，只是个形式。请你在手边的纸上写上这些字：我愿意做法国中部五金有限公司的经理，年薪最少五百镑。'

"我把他说的这些一字不差地写在纸上，他收起这张纸放进口袋里。

"'还有一件小事，'他说，'你怎么应付莫森商行呢？'

"我已经高兴得记不起莫森商行了。'我会给他们写辞职信的。'我说道。

"'恰恰相反，我并不希望你这么做。我曾到莫森商行去打听你的事，我和他们的经理发生了争执，他无礼地责备我竟然想到他们商行去骗走你。我终于忍耐不住说："如果你要用一些有能力的人，那你就应该给他们优厚的报酬。"他说："他宁肯接受我们的低薪，也不会拿你们的高薪。"我说："我和你赌五个金镑，一旦他接受我的聘请，你就再也得不到他的音讯了。"他说："好！我们把他从贫

困中救出来，他绝不会轻易离开我们。"他就是这么说的。'

"'这个混蛋！'我喊道，'我们从未见过面，我为什么要顾虑他们。如果你不想让我写信，我当然不会写。'

"'那么，事情就这样定了，'他从椅子上站起来说，'好，我很高兴为我兄弟找到像你这样出色的人才。这是你的一百镑预支薪金和那封信。请记下地址，科波莱森街126号乙，记住约定的时间是明天下午一点钟。晚安，祝你好运！'

"我们谈话的内容就是这些了。华生医生，你可以想象，我当时是多么高兴，实在是太幸运了。我兴奋得半宿没睡。第二天我乘火车去伯明翰，时间非常充裕。我把行李放在新大街的一家旅馆，然后按着字条上的地址去拜访法国中部五金有限公司的主管。我比约定的时间早到了一刻钟，但我想这没什么关系。126号乙夹在两家大商店中间的一个通道里，有一道弯曲的石梯，从石梯上去，会看见许多租给公司或自由职业者做办公室用的套房。墙上写着租户的名牌，其中偏偏没有法国中部五金有限公司的牌子。我站了一会儿，心里很慌乱，怕这是个精心设计的陷阱，而我正置身其中却不自知。正想着，有一个人走过来跟我打招呼，他和昨晚的那个人很像，一样的声音和外形，但他的胡子刮得很干净，发色也较浅。

"'你是霍尔·派克罗夫特先生吧？'他问道。

"'是的，我是。'我说道。

"'啊！我正等着你，可是你比约定的时间提前了。我今天早晨接到我哥哥的一封来信，他在信上极力称赞你。'

"'你来的时候，我正在寻找你们的办公室。'

"'因为上星期我们刚租到这几间临时办公室，所以没来得及挂上我们公司的牌子。请这边走，我们先谈谈公事。'

"我随他走上高楼的最顶层，就在楼顶石板瓦下面，那是两间毫无摆设、尘土满地的小屋，没有安窗帘，也没有铺地毯。我本来想它应该像我常见的那样，是一间宽敞的办公室，窗明几净，坐着一排排的职员。可是现在只有两把松木椅和一张小桌子，桌上只有一本总账，还有一个废纸篓，此外再没有其他东西了。

"'别灰心，派克罗夫特先生，'我的新相识看到我脸上露出不满意的样子便说，'罗马也不是一天建成的，我们有雄厚的资本，但绝没必要用在装饰办公室上。请坐，你带来那封信了吗？'

"我把信递给他，他认真地看了一遍。

"'看样子我哥哥阿瑟给了你很高的评价。'他说，'我知道他在识别人才上很有一套。你知道，他很信赖伦敦人，而我信赖伯明翰人，现在我准备接受他的推荐。年轻人，你被录用了。'

"'我的工作是什么呢？'我问道。'你未来的工作是管理巴黎的大货栈，把英国造的陶器供应给法国一百三十四家代售店。这批商品可能会在一星期内买齐，这段时间内你必须在伯明翰做些其他的事情。'

"'什么事呢？'

"他没有回答，只是从抽屉里取出一本大红书。'这是一本巴黎工商行名录，'他说，'每个人名后面都注有行业名，请你把它拿回去，抄下所有的五金商及他们的地址，这很有益处。'

"'我会办好的。不是有分类表吗？'我问道。

"'那些表靠不住。我们的分类和他们有差别。抓紧时间，请在星期一的十二点把单子交给我。再见，派克罗夫特先生。如果你表现得一直很出色，你会发现这是一家很好的公司。'

"我夹着那本大书回到旅馆，心里很矛盾。一方面，我已被正式录用了，而且已得到了一百镑钞票；另一方面，公司既没有挂牌，也没有一个好的办公室，至于其他的就更不用说了，对于这家公司的经济状况我并不看好。然而不管怎么说，钱我已经拿到手了，于是我整个星期都在埋头抄写，可是到星期一我才抄到字母H。我去找我的雇主，在那间依然如故的办公室里找到了他。他告诉我要一直抄到星期三，然后再去找他。可是到星期三我还是没抄完，于是又干到星期五，也就是昨天。我把抄好的东西带去交给哈里·平纳先生。

"'太好了，'他说，'我低估了这项任务的难度，这对我太重要了。'

"'这花了我一段时间。'我说道。

"'现在，'他说，'我要你再抄一份家具店的单子，这些家具店都出售瓷器。'

"'好的。'

"'明天晚上七点请你过来，我想知道你的进度。不用太劳累了，晚上，你可以到戴斯音乐厅去听听音乐放松一下，这会很有好处的。'

"他说这话时满脸笑容。我却被吓得心惊胆战，因为我看见他左上边第二颗牙上胡乱地镶着金牙。"

福尔摩斯兴奋地搓着双手，我则惊讶地望着我们的委托人。

"你一定觉得很奇怪，华生医生，那是因为，"他说，"我在伦敦和那个家伙谈话时，当我说不去莫森商行了，他也是满脸笑容。我不经意间发现他就是在第二颗牙齿上胡乱地镶着金牙。在两种场合，我看到了如此一致的金牙，再想到他们一样的声音和体形，虽然没有胡须，发色也较浅，但那是可以改变的。因此，我肯定他们所谓的兄弟就是一个人。也许他们是双胞胎，长相一样，但没有人连金牙都镶得一样吧。他恭敬地把我送走，我走到街上，实在不知道该怎么办。我回到旅馆，用凉水洗了个头，满脑子里都是这件事。他为什么把我派到伯明翰来呢？他为什么比我先来呢？他又为什么自己给自己写一封信呢？总之，我实在弄不清这一切到底是为什么。后来我突然想到了福尔摩斯先生你，我希望你帮我解开这个谜团。我急忙赶上回城的夜车，今天一早就来拜访了你，并请你们二位与我一起回伯明翰去。"

这位证券经纪人的书记员讲完他那奇怪的经历之后，我们都沉默着。过了一会，福尔摩斯斜视了我一眼，仰靠在座垫上，脸上露出一副很满足的神情，像是刚刚品尝了一口美酒。

"很有趣，对不对，华生？"他说，"这里面有许多令人感兴趣的地方。我想你一定也有这种看法，我们到法国中部五金有限公司的临时办公室去拜访一下阿瑟·平纳先生。对我们来说，这肯定是一趟有趣的拜访。"

"可是我们以什么名义去见他呢？"我问道。

"啊，这好办，"派克罗夫特高兴地说，"我就说你们是我的朋友，想找个工作，这样会很自然，不会引人注意。"

"当然，是个好主意，"福尔摩斯说，"我很想见见这位先生，希望能找出一些线索。我的朋友，他们到底看上了你的什么才能，也许……"

他说到这里，开始啃咬指甲，双眼注视着窗外，直到我们到达新大街，他一直沉默着。这天晚上七点钟我们三个人步行来到科波莱森街这家公司的办公室。

"我们早来是没有用的，"我们的委托人说，"很显然，他只在指定的时间到这里来等我，其他时间这间屋子一个人也没有。"

"这倒是值得思索的。"福尔摩斯说。

"啊，你们看！"这位书记员说道，"他就在我们前面。"

他指向一个身材矮小、皮肤黝黑、衣服整齐干净的人，这个人正在街那边快步走着。我们看到他时，他正从马车和公共汽车之间穿到街对面去，向一个小孩买了一份晚报，然后走进一道门。

"他到那里去了！"派克罗夫特喊道，"那家公司的办公室就在那儿，我们快点，我会尽力把事情安排妥当。"

我们跟在他后面爬上五层楼，来到一间门半掩着的房间前。我们的委托人轻轻敲了敲门，里面有一个声音叫我们进去。我们走进去，就像派克罗夫特说过的那样，房间里空空荡荡的，没什么摆设。我们在街上见到的那个人正坐在仅有的一张桌子旁边，一张晚报放在桌子上。他抬头时，我看见他的额角有汗，面颊死白，双眼呆滞，死盯着他的书记员。我感觉他的身上布满了痛苦，而且是那种面对着死亡后产生的恐怖的痛苦。从我们的向导脸上，我们知道这不是他平时的样子。

"你气色不好，平纳先生！"派克罗夫特说。

"是的，我有些不舒服，"平纳一边回答一边舐了舐发干的嘴唇，显然正在极力平静自己，"你带来的这两位先生是什么人？"

"一位是伯蒙奇的哈里斯先生，另一位是本镇的普莱斯先生，"我们的委托人很机灵地说，"他们是我的朋友，而且有很丰富的工作经验，不过近来他们失业了，他们是来试试运气，希望能在公司里找到一个职位。"

"欢迎，欢迎！"平纳先生勉强笑了笑，大声说，"我一定尽力帮助你们。哈里斯先生，你的专长是什么呢？"

"我是一个会计师。"福尔摩斯说。

"啊，很好，正是我们需要的。普莱斯先生，你的专长又是什么？"

"我是一个书记员。"我说。

"我会报告公司，一旦决定了，我会立刻通知你们。现在请你们离开，我想静一静！"最后这几句话他几乎是喊出来的，而且声音很大，一副控制不住自己的样子。福尔摩斯和我互相看了一眼，派克罗夫特向桌前走近一步。

"平纳先生，你忘了，我是按约定来这里听你的指示的。"他说道。

"是的，派克罗夫特先生，是的，"对方恢复了比较冷静的声调说，"如果你们不着急的话，可以在这里等一下。三分钟以后我会仔细考虑这件事。"

他礼貌地站起来，和我们点了点头，走向屋子另一头的门，进去后把门又关上了。

"现在怎么办？"福尔摩斯小声说，"他可能是要逃走？"

"不能。"派克罗夫特说道。

"为什么？"

"那扇门后是套间。"

"没有出口吗？"

"没有。"

"里面有东西吗？比如说家具。"

"我昨天来的时候还没有。"

"那么他到底在里面干什么？我实在没有头绪，他是不是被什么事情吓傻了？究竟是什么能把他吓得连自己都控制不了呢？"

"他肯定怀疑我们是侦探。"我提醒说。

"没错。"派克罗夫特大声说道。

福尔摩斯摇了摇头。"我们进来之前他已经被吓坏了，"福尔摩斯说道，"只可能是……"

他的话还没说完，套房那边就传来了一阵很响的打门声。

"他为什么自己在里面敲门？"书记员喊道。打门声又响起来，而且声音更大。我们都怀着期待的心情盯着那扇关着的门。我看了福尔摩斯一眼，见他面容严峻，激动异常地俯身向前。接着又传来一阵低低的喉头咕噜声和一阵咚咚的敲打木器的声音。福尔摩斯突然猛冲上去，用力推那扇门，但是门在里面锁上了，我们也上前帮忙。在我们的努力下，门被撞开，塌了下去。我们冲进去时，里面已经没有任何东西的踪影了。

我们一下子愣住了，但是马上就发现了屋角还有一个小门。福尔摩斯迅速过去推开那扇门，展现在我们面前的是：地板上的一件外衣和背心，门后的一个挂钩上吊着法国中部五金有限公司的总经理的裤子背带，他显然是准备自缢。他的双膝弯曲，头和身体形成一个可怕的角度，他的两个脚后跟咚咚地踢着木门，原来就是这个声音使我们的谈话中断了。我立刻抱住他的腰，把他举高，福尔摩斯和派克罗夫特把有弹性的裤子背带解下来，那根背带早已深陷进他发青的皮肤中。我们把他抬到外面的房间。他面无血色地躺在那里，发紫的嘴唇随着微微的喘息颤动着，惨不忍睹，和五分钟前的样子完全不一样。

"还能救吗？华生。"福尔摩斯问道。

我俯下身子仔细检查这个人的情况。他的脉搏微弱而有间歇，可是呼吸却越来越长，他的眼睑有些颤动，露出白白的眼球。

"幸亏救得及时，"我说，"现在已经没危险了。请打开窗户，把冷水瓶递给我。"

我解开他的衣领，在他脸上泼了一些冷水，给他做人工呼吸，直到他能自然地呼了一口长气。

"现在只是时间问题了。"我从他身旁站起来说。

福尔摩斯站在桌旁，双手插在裤袋里，垂着头。

"我们现在最好通知警察，"他说，"他们来后，案子就交到他们手上。"

"但是，我什么都不清楚啊。"派克罗夫特挠着头大声说，"他们为什么把我引到这儿来，又……"

"哼！这一切已经很清楚了！"福尔摩斯有点不耐烦地说，"就是为了这最后的突然行动。"

"那么，你明白一切了吗？"

"我想这是极为明显的，华生，你怎么看？"

我耸了耸肩："我不得不承认对此事我还处于混乱之中。"

"啊，如果你们先把这些事认真地思考一下，就会得出一个结论。"

"你的结论究竟是什么呢？"

"这么说吧，全案的关键有两点。第一点是他让派克罗夫特写了一份到这家怪异的公司工作的声明，这是很值得思考的，你没发现吗？"

"我没注意这有什么奇怪的。"

"那么，他们为何要他写这份声明呢？通常情况下，他们只要口头约定即可，这次为何要打破惯例？我的朋友，他们非常渴望得到你的笔迹，而这是他们想到的唯一办法。"

"要我的笔迹，为什么？"

"很好，为什么呢？找到这个答案，我们的案子会大有进展的。为什么呢？只能有一个恰当的理由，就是有人要仿你的笔迹，必须花钱买你的笔迹样本。现在让我们看看第二点，事情就明显了。那就是平纳要你不要辞职，那么那家大企业的经理还会认为，星期一有一位他没见过面的霍尔·派克罗夫特先生要去上班。"

"上帝啊，"委托人喊道，"我真是个笨蛋。"

"现在看看他要用你的笔迹干什么。如果有人冒你的名去上班的话，不同的字迹肯定会露出破绽。但是他可以在几天之内学习模仿你的笔迹，这样就没问题了，因为这家公司没有人认识你。"

"谁也不知道我长什么样子。"派克罗夫特唉声叹气地说。

"太好了。当然，这件事还有一个关键点就是让你没有后悔的机会，而且决不能与熟人接触，以免秘密泄露。所以他们预支给你一笔高薪，把你派到中部地区给你许多工作干，使你没时间返回伦敦，这样他们就不会暴露真相。这一切是非常清楚的。"

"但是这个人为什么要扮成两个角色呢？"

"啊，很明显。因为他们只有两个人，另一个人已经用你的名字进莫森商行了，为了不让第三人知道他们的阴谋，他只好装扮成兄弟俩，这样就不会引起你的怀疑。但是，金牙却泄露了秘密。"

派克罗夫特握紧双手在空中挥动。"上帝啊！"他叫喊道，"在我上当受骗的这段时间，那个假霍尔·派克罗夫特在莫森商行里做了些什么呢？福尔摩斯先生，我现在应该做点什么？"

"必须给莫森商行发一份电报。"

"他们每星期六是十二点关门。"

"没关系。看门人或警卫肯定会在……"

"是的，我在城里听说，由于他们那里有很多贵重的证券，所以他们有一支常备警卫队。"

"好极了，我们给他们发一封电报，看看他们的情况怎么样，是否有一个冒用你名字的书记员在那里办公。这是很清楚的。可是，我还搞不清楚的是，为什么其中的一个家伙见到我们就自杀了。"

"报纸！"我们身后传来一阵嘶哑的声音。这个人已坐起身来，脸色如死人一样苍白，双眼已经恢复正常，用手抚摩着咽喉周围那宽宽的红色勒痕。

"报纸！对了！"福尔摩斯突然激动地喊道，"我真是一个笨蛋！我竟然没想到报纸，心思全在我们来访上打转儿。"

他把报纸在桌上摊开，欣喜若狂地叫喊起来。"请看这一条，华生，"他大声说，"这是伦敦的报纸，早版的《旗帜晚报》。这里有我们需要的消息，请看大字标题：'城里抢劫案。莫森和威廉斯商行发生有预谋的凶杀案。罪犯落网。'华生，这不就是我们想知道的吗？请大声念出来。"

从该消息在报纸上所占的位置，我就知道这是城里极具重大新闻价值的案子。内容是这样的：

今天下午在伦敦发生一起重大抢劫案，一人致死，罪犯已落网。不久前，著名的莫森和威廉斯证券行因为存有百万镑以上的巨额证券，而设立了警卫。经理知道自己责任重大，购买了一些最新式的保险柜，并在楼上设了一名武装警卫日夜看守。上星期公司录取了一名新职员霍尔·派克罗夫特。原来此人不是别人，正是臭名昭著的伪币制造犯及大盗贝丁顿。该犯与其弟刚刚刑满五年获释。现尚未查明此兄弟以何种方法使用假名来获得这家公司的聘用，使他们能够借此猎取各种锁钥的模具，并彻底了解保险库和保险柜的设置情况。

按莫森商行的惯例，星期六中午职员放假。因此，在下午一点二十分，苏格兰场的警官图森看到一个人拿着一个毛毡制的手提包走出来时，非常惊讶。他马上产生了怀疑并走向前进行阻拦，罪犯虽然拼命抵抗，但图森在警察波洛克的协助下终于将其捕获。他们当即从手提包中搜出价值十万英镑的美国铁路公债券，另外还有矿业和其他公司的巨额股票。在检查作案现场时，警察发现那可怜的警卫的尸体被弯曲着塞进一个大保险柜里，幸亏警官图森采取了果断行动，否则星期一早晨之前尸体是不会被发现的。该警卫的颅骨被人从身后用火钳砸碎。很显然，一定是贝丁顿假称遗忘了什么东西，进入楼内，趁警卫不注意杀死了他，并迅速把大保险柜内的东西抢劫一空，然后携带赃物逃跑。他的弟弟经常与他一起作案，但此次却查不到他参与的证据，然而警方仍在全力查访其下落。

"正好，我们可以减少警方的许多麻烦，"福尔摩斯望了那蜷缩在窗边的面如死灰的人一眼说，"人类的天性真是奇怪，华生，即使罪大恶极的杀人犯也会有如此的感情：弟弟一听说哥哥没救了便自缢。不过，我们必须开始行动了。医生和我留下看守。派克罗夫特先生，麻烦你去把警察找来。"

"哥洛里亚斯科特号"三桅帆船

一个冬日的傍晚，福尔摩斯和我对坐在壁炉旁，他说："华生，我认为你有必要读一读我这里的几个文件，它们和'哥洛里亚斯科特号'三桅帆船案有些联系，因为读了这些文件，治安官老特雷佛竟然惊吓过度而死。"

福尔摩斯从抽屉里取出一个颜色很暗的小圆纸筒，解开绳带，把一张石青色的纸交到我手上，上面写着：

The supply of game for London is going steadily up [it ran]. Headkeeper Hudson，we believe，has been now told to receive all orders for flypaper and for preservation of your henpheasant's life.

（字面意为：伦敦野味供应正稳步上升。我们相信总保管哈德森现已受命接受一切粘蝇纸的订货单，并保留你的雌雉的生命。）

我感觉毫无头绪。我抬眼看福尔摩斯，发现他正注视着我，不时抿嘴笑着。

"看来你被弄糊涂了。"他说道。

"我认为这不过是一派胡言，真是看不出它有什么力量竟然能吓死人。"

"不错。但是事实是，那个老人身强体壮，竟在读完这短短的文字后突然倒地死去，就像中了致命的一枪。"

"这倒是激起了我的好奇心，"我说，"但是你刚才为什么说我有必要研究一下这个案件呢？"

"这是我经手的第一件案子，你当然有必要详细了解。"

我一直都在想方设法地了解我的同伴，想知道他当初为什么决定从事侦探这个工作，但是他一直没有向我流露的意思。这时他俯身坐在扶手椅上，把文件铺在膝盖上，然后点起烟斗抽了一会儿，并反复地查看膝盖上的文件。

"我从来没向你提起过维克托·特雷佛吗？"他说，"他是我在大学两年中认识的唯一好友。华生，我并不善于交际，总喜欢一个人沉默地待在房里训练自己的思维，因此很少与同龄人来往。对于体育运动我只喜欢击剑和拳击，学习方法也和别人不同，我和别人没有交往的必要。和特雷佛的结交是因为有一天早晨我被他的猛犬咬了踝骨。最初的交往很平淡，但印象深刻。我在床上躺了整整十天，特雷佛常来看我。开始他只待几分钟就离开，不久后，我们交谈的时间越来越长。到学期结束前，我们已成为知交好友。他的性格和我完全相反，总是精力旺盛，冲劲十足。尤其是在他不高兴或忧愁的时候，我们更是亲密。我曾接受他的邀请到他父亲住的诺福克郡的敦尼索普村去度了一个月的假。

"老特雷佛是治安官，又是一个地主，有钱有势。敦尼索普村在布罗德市郊外，是朗麦尔北部的一个小村庄。特雷佛的宅邸是一所老式的、面积很大的栎木梁砖瓦房，门前有一条通道，两旁是繁茂的菩提树。附近有许多沼泽地，非常适合狩猎野鸭，更是垂钓的好地方。有一个又小又精的藏书室，我听说，是从原来的房主手中随房屋一起买来的。此外，还有一个说得过去的厨子。因此，一个人能在这样的地方度假，一定会心旷神怡的，除非他是个极挑剔的人。老特雷佛妻子已经过世。他只有我朋友这一个儿子。

"听人说，他原来还有一个女儿，但在去伯明翰的路上患白喉死去了。我对老特雷佛很感兴趣。他虽然知识不多，但有很强的体力和脑力。他对书本知之甚少，但到过很多地方，有过很多见识，并能至今不忘。从外貌上看，他体格很壮实，身材高大，一头蓬乱的灰白头发，一张历经岁月沧桑的褐色面孔，一双蓝色的眼睛，透出近乎凶恶的锐利目光。但他在村中却以和蔼、慈善为人称道，相传他在法院办案时也以宽大著称。我到他家不久后的一个黄昏，饭后我们正坐在一起喝葡萄酒，小特雷佛忽然提起我的观察和推理习惯。那时我已经把它归纳成一种方法了，但是并不知道它在我一生中能发挥作用。显然这位老人并不认同儿子的话，认为他把一些小玩意夸大了。

"'那么，福尔摩斯先生，'他兴致高昂地笑着说，'我就是一个最好的题材，从我身上你推断出了什么？'

"'恐怕我推断不出太多东西，'我回答，'我推测你在过去的一年里担心有人对你进行攻击。'

"这位老人嘴角上的笑意突然隐去，他吃惊地盯着我。

"'是呀，完全正确，'他说，'维克托，你知道，'老人转向他儿子说道，'自从那些到沼泽来偷猎的家伙被我们赶走以后，他们就扬言要报复，而爱德华·霍利先生也真的遭到了袭击。所以我一直担心着。可是你是怎么知道的？'

"'你有一根非常漂亮的手杖，'我答道，'我从手杖上刻着的字看出，它是你最近一年买的。可是你却费了很大劲儿把手杖头上凿个洞，灌满熔化了的铅，使它成为自卫的武器。我想一定是为了预防某种危险，你才采取这种方法。'

"'另外呢？'他微笑着问道。

"'你年轻时经常参加拳击。'

"'没错，你从何得知？是因为我的鼻子被打歪了吗？'

"'不是，'我说，'是耳朵，你的耳朵特别扁平宽厚。'

"'还有呢？'

"'从你手上的老茧看，你曾做过许多挖掘工作。'

"'没错，我正是在金矿上获得财富的。'

"'你曾经去过新西兰。'

"'这也对了。'

"'你去过日本。'

"'没错。'

"'一个姓名的缩写字母是 J. A. 的人曾经和你交往密切，但是后来你却极力想忘掉他。'

"这时老特雷佛先生缓缓地站起来，瞪着那双蓝色的大眼睛，用一种奇怪而发疯的眼神死盯着我，然后一下子倒了下去，他的脸撞在桌布上的硬果壳堆里，失去了知觉。华生，你可以想象当时我和小特雷佛有多么震惊。可是，他昏迷的时间并不长，因为正当我们给他解开衣领，把洗指杯中的冷水浇到他脸上时，他喘了一口气醒了过来，一会儿他又坐起身来。

"'啊，孩子们，'他勉强地笑着说，'希望没有让你们受惊。我的外貌看起来好像很强壮，但是心脏很弱，轻易就会昏倒。福尔摩斯先生，我不知道你是如何推断出来这一切的，但是我认为，和你相比，无论是实际存在的侦探还是虚构出来的侦探都像是个小孩子。先生，你可以把它作为毕生的职业。请你记住我这个历经沧桑的人的这番忠告。'

"华生，在那个时候，推断只是我的一个业余爱好，正是他的这番劝告和对我能力的肯定，促使我开始思考把这种爱好作为终身职业。但是，对于老特雷佛的突然生病我感到很不安，来不及去想其他的事。

"'我的话引起了你的痛苦吗？'我说。

"'啊，你当真碰到了我的痛处。但是，你是怎么知道这一切的呢？'他半开玩笑地说。但是从他的双眼中依然能看出他受到的惊吓。

"'这很容易，'我说，'那天我们坐在小艇上，你卷起袖子去捉鱼，我看见你胳臂弯儿上刺着J．A．两个字，虽然笔画已经模糊了，但字形仍可分辨，而且字旁有墨迹，说明你曾想除去那些字。因此，我才断定你很熟悉这两个字母，后来却不知因为什么想去掉。'

"'好眼力！'他放心地松了一口气说，'这事正像你所分析的那样。不谈它了，我不想被旧识的鬼魂缠住，让我们到弹子房去吸一支烟吧。'

"从那以后，虽然老特雷佛对我态度仍然很亲切，但亲切中总带有几分不安。这一点连他的儿子都觉察到了。'你可把我爸爸吓了一跳，'小特雷佛说，'他再也弄不明白什么事你知道、什么事你不知道了。'

"在我看来，老特雷佛虽然在压抑着他的疑虑，但一举一动却仍然流露出他心中的强烈不安。最后我确定这种不安是我引起的，于是我决定离开。可是，就在我离开的前一天，发生了一件小事，这件事后来被证明是非常重要的。那时我们三个人正坐在花园草坪的椅子上沐浴着阳光，欣赏着布罗德的美景，一个女仆走过来说有一个人在门外想求见老特雷佛先生。

"'他是谁？'老特雷佛问道。

"'他不肯说。'

"'那么，他有什么事？'

"'他说你们认识，他只想跟你说几句话。'

"'把他领到这儿来。'

"一会儿便有一个瘦小憔悴的人走进来，此人长得猥琐，走路拖拉，穿着一件敞怀夹克，袖口上有一块柏油污痕，里面是一件红花格衬衫，棉布裤子，一双破旧的长统靴。他的脸庞瘦削，给人以奸诈狡猾的感觉，脸上挂着笑容，牙齿黄而不整齐，手上满是皱纹，像水手一样半握着拳。当他穿过草坪走向我们时，我听到老特雷佛发出一种和打呃相似的声音，他迅速离开椅子，冲进屋里，又很快地跑出来，这时，我闻到了一股很浓的白兰地味儿。

"'喂，朋友，'他说，'你找我有事吗？'

"那个水手站在那里，双眼疑惑地望着老特雷佛，仍面带笑容。'你认不出我了吗？'水手问道。

"'哎呀，你一定是哈德森。'老特雷佛惊讶地说。

"'正是我，哈德森，'这个水手说，'先生，我上次见你还是三十年前的事，现在你过得不错，我却处在穷困中。'

"'唉，你知道吗，我从没有忘记过去的日子，'老特雷佛大声说着，向水手走过去，低声说了几句话，然后又提高嗓门说，'先到厨房里吃点儿东西，我会为你安排个好位置。'

"'谢谢你，先生，'水手拨一拨他的额发说，'我刚刚从那航速为八海里的不定期货船上下来——在那儿我干了两年——现在想休息一下，就决定来找你或者去找贝多斯先生。'

"'啊，'老特雷佛大声喊道，'你知道贝多斯先生在哪里吗？'

"'感谢上帝，先生，我的老朋友在哪儿，我很清楚。'这个人邪恶地笑着说，然后跟着女仆匆匆去厨房了。

"老特雷佛先生模棱两可地解释说，采矿时，他和这个人同行过，说罢他就自己走进屋里去了。一小时后，我们进屋发现老特雷佛躺在餐室的沙发上，醉得不省人事。这件事在我心中留下了非常坏的印象。因此，第二天我毫不犹豫地离开了那里。

"所有这一切发生在漫长的假期中的第一个月。我又回到了伦敦的住所，我把以后的七个星期用在做有机化学实验上。然而，在深秋的一天，假期即将结束的时候，我收到我朋友的一封电报，请我到敦尼索普村去，他很需要我的帮助和指教。

我当即放下其他的事，赶到那儿去。他坐在一辆双轮单马车上，早已到了车站，正在等我，从他的脸上看出，这两个月来，他经历了很大的磨难，完全不像他平时精力旺盛的样子。

"'爸爸病危。'他第一句话便说道。

"'怎么可能！'我叫喊道，'发生什么事了？'

"'他中了风，是神经受到严重刺激引起的。今天一直处在危险中，我不知道他现在是否还活着。'

"华生，你可以想象，听到这意外的消息，我是多么惊讶！

"'是什么引起的呢？'我问道。

"'啊，这就是关键所在。请你上车，我们路上再详谈。你还记得你走的前一天晚上来找我爸爸的那个家伙吗？'

"'当然记得。'

"'你知道他是什么人吗？'

"'不知道。'

"'福尔摩斯，那是一个魔鬼。'他大声喊道。

"我惊呆了，有些反应不过来。'没错，他是个魔鬼。自从他来的那天起，我们就再没有安宁之日，那天晚上以后爸爸就再也抬不起头了。现在他又病危，他一定是心都碎了，这一切都是因为那个混账的哈德森。'

"'那么，他凭什么呢？'

"'啊，这正是我要知道的。爸爸是一个慈祥、宽厚的人，一直与人为善，怎么会和那种恶棍扯上关系呢！我很高兴你能来，福尔摩斯，凭你的能力，你一定能找到好的办法。'

"我们的马车疾驰在乡间整洁平坦的大路上，抬眼处，一抹夕阳的余晖洒向大地，点点金粉。在左手边的一片小树林后面可以看到村上那位治安官的屋顶上高高的烟囱和旗杆。

"'爸爸让这家伙做园丁，'我的同伴说，'过了不久，那人又因为不满意这个工作而升为管家。他每天四处游荡，想干什么就干什么，把全家控制在他的手中。他经常喝得大醉，言语粗鲁，女仆们为此常常抱怨，父亲只好为她们增加薪水，算是补偿。这个家伙经常划着小船，带着我爸爸心爱的猎枪去狩猎。他总是一脸嘲讽之色，好像谁都不能把他怎么样。看在他是一位年纪大的人的份上，我只能忍着。福尔摩斯，我告诉你，在这段时间里，除了忍受我什么也不能做。我常想，如果我不克制自己，也许情况反而会好些。

　　"'唉，我们的境况越来越糟。哈德森这个畜生越来越嚣张，有一天，他竟当着我的面无礼地顶撞我父亲，我便抓起他的肩膀把他推出门去。他悄悄地溜了，但从那两只凶残的眼睛里，我可以看出他对我的憎恨。自那以后，我不知道可怜的父亲同这个人又做过什么交易，第二天父亲来找我，要我向哈德森道歉。可是，我拒绝了，我问父亲为什么要容忍这个坏蛋对我们全家如此放肆无礼。我父亲说："唉，我的孩子，你说得都没错，但我也是不得已呀。维克托，无论怎样，我会设法让你了解的，现在你就让可怜的老父亲安静一下吧！"爸爸说得很激动，然后就走进了书房。他一个人整天都在书房里，从窗户我看见他一直在写什么东西。

　　"'那天晚上，发生了一件让人松口气的事，哈德森对我们说，他准备离开了。我们吃过午饭后，正在餐室坐着，他走进来，喝得半醉，声音喑哑地说着他的计划。

　　"'他说："我在诺福克待够了，我要到汉普郡贝多斯先生那里去。我敢肯定，他会像你一样迎接我的。"

　　"'我父亲卑微地说："哈德森，我希望你是在心情愉快的情况下离开这儿的。"看着这一切我的肺都要气炸了。

　　"'他斜睨了我一眼说道："他还没有向我赔礼道歉呢。"

　　"'爸爸转身对我说："维克托，对于这位尊敬的朋友你确实不够礼貌。"我回答道："正相反，我的看法是我们太容忍他了，才让他如此嚣张。"哈德森暴跳如雷："啊，你是这么想的是不是？好极了，伙计，咱们走着瞧。"他无精打采地走出屋，半小时以后便离开我家。爸爸被吓坏了，一直惶惶不安。我听到爸爸整夜整夜地在室内踱步，就在他渐有好转的时候，灾难降临了。'

　　"'究竟是怎么回事？'我急忙问。

　　"'很奇怪，昨晚爸爸收到一封盖有福丁哈姆邮戳的信。爸爸看过之后，双手拍打着头部，开始在室内乱走，一副失魂落魄的样子。后来我把他扶到沙发上，见他的嘴和眼皮都歪向了一侧。我断定是中风的迹象，我马上派人请来福德哈姆医生，我们把爸爸扶到床上去。但是，他中风的情况越来越严重，他一直处于昏迷

中，我想他很难好起来了。'

"'小特雷佛，别吓我！'我大声说，'那么，那封信里到底写了什么东西？竟然会这么可怕。'

"'很奇怪，那封信写得很琐碎怪诞，没什么特别的东西啊！上帝，我担心的事发生了。'正说着，我们已走到林荫路转弯处，借着微弱的灯光，我们看到房子的窗帘全放下来了。我们走到门口，我朋友满面悲痛，一位黑衣绅士迎面出来。

"'医生，我爸爸什么时间故去的？'特雷佛问道。

"'和你离开几乎是同一时间。'

"'他一直昏迷不醒吗？'

"'临终之前醒过一会儿。'

"'有什么话吗？'

"'他只说了句那些纸都放在日本柜子的后抽屉里了。'

"我的朋友和医生向死者的房间走去，而我一个人在书房中思考着这件事，心中充满忧伤。老特雷佛曾经是一个拳击手、旅行家，又是一个采金人。为什么一个专横无礼的水手竟能支使他？为什么他一听我谈到他手臂上的字母会昏倒？为什么一封从福丁哈姆寄来的信竟把他吓死了？这时，我想起福丁哈姆是在汉普郡，就是贝多斯先生的老家，而那个恶棍水手一定在那儿。那么这封信可能是水手哈德森发来的，信中说他已经揭发特雷佛过去犯罪的秘密。也可能是贝多斯发来的，信中警告老特雷佛，有一个从前的同伙即将揭发这件事。这看起来是很明显的。但这封信为什么又像他儿子所说的那样，琐碎而又荒诞呢？是他看错了吗？如果真像他儿子所说的，那这里面一定有一种特别的秘密，字面的意思下还有一种深层的含义。我一定要亲眼看到这封信，我相信如果这其中有什么隐秘，我一定能分析出来。我坐在黑暗中反复思考这个问题约有一小时，后来一个满面泪痕的女仆拿进一盏灯来，我的朋友小特雷佛紧跟在她后面。他面无血色，但仍能控制自己，他手中拿着现在摊在我膝盖上的这几张纸。他在我对面坐下来，把灯移到桌边，照亮一张石青色纸写的短信：'伦敦野味供应正稳步上升。我们相信总保管哈德森现在已受命接受一切粘蝇纸的订货单，并保留你的雌雉的生命。'

"我第一次读这封信时，和你一样疑惑，但是，经过认真思考之后，我发现其中确实隐藏着一些深意。可能像'粘蝇纸'和'雌雉'这类词是事先约好的暗语。

像这种暗语都是随意规定的，并不能从中推断出是什么含义。不过我不相信情况会是这样的，而哈德森这个词的出现似乎表明信的内容和我的猜测正相符。而且这短信是贝多斯发来的，不是那个水手。我又把词句倒过来读，可是那'生命''雌雄'等词组却没什么新意。于是我又试着隔一个词一读，但无论'the of for'，还是'supply game London'都是毫无意义的。

"但是经过一番努力，我还是找到了打开谜底的钥匙。我发现从第一个词开始，每隔两个词一读，就可以读出含义来，正是这些导致了老特雷佛的惊死。

"词句简单，是警告信。我立刻把它读给我的朋友听：

'The game is up. Hudson has told all. Fly for your life. '（游戏结束。哈德森已揭发一切。你赶快逃命吧！）

"小特雷佛双手捂住脸，从他颤抖的指尖上我看出他是异常激动的。'我认为你是对的，'他说，'这意味着比死还难堪的耻辱。可是"总保管"和"雌雄"这两个词儿又意味着什么？'

"'这两个词儿在信中无意义，但却可以帮我们找到那位发信人。你看他开始写的是"The…game…is'等等，把准备说的话写好后，便在每两个词之间填进两个词。他必然使用他熟悉的词，这是很自然的。可以肯定，他是一个喜欢打猎的人，或是一个喜爱饲养家禽的人。对于贝多斯这个人你了解多少？'

"'啊，你这么一说，'他说，'我倒想起来啦，每年秋天，贝多斯总是邀爸爸到他那儿去打猎。'

"'那么这封信一定是他发来的了。'我说，'我们现在要做的是，查明这两个有权势的人究竟有什么把柄握在哈德森手中，以致被他这么威胁着。'

"'唉，福尔摩斯，我害怕那是一件罪恶和让人抬不起头的事！'我的朋友惊呼道，'不过我对你不必保守什么秘密。这是他在得知哈德森已揭发一切时写下来的。我按医生传的话在日本柜子里找到了它。你把它读出来吧，我自己实在没勇气看。'

"华生，这几张纸就是当时小特雷佛给我的，那天晚上我已在旧书房读给他听了，现在我再读给你听听。这几张纸外面写着：'"哥洛里亚斯科特号"三桅帆船航行记录。1855年10月8日自法尔默思启航，同年11月6日在北纬十五度二十分、西经二十五度十四分沉没。'内容是用信函的形式记录下来的。

"'我最亲爱的儿子，耻辱已逼近我。我的晚年生活已再无乐趣可言。我并不怕法律的制裁，也不怕弄掉我的官职，更不怕遭到大家的鄙视。可是一想到你对我的爱和尊敬，想到你可能受到的耻辱，我就悲痛欲绝。但是，大祸临头的这一刻，我希望你看一看这本记录，从中你可以了解到我该受的惩罚。万一我能侥幸逃过这一劫，而这本记录已经在你手中的话，请你看在上帝的面上，看在你母亲面上，看在我们父子间的情分上，烧掉它，永远再不要提起它。

"'但如果你读到了这本记录，就表示事已泄露，我不是被捕了就是长眠了。无论如何，事情都无须隐瞒，我以下所说的事是真实的，衷心希望能得到你的宽恕。

"'亲爱的孩子，我的本名并不是特雷佛，年轻时叫詹姆斯·阿米塔奇（缩写字母J．A．），这就是我上次昏迷的原因。我是指几个星期以前，你大学的朋友对我做的推断，在我听来好像一语道破了我化名的秘密。作为阿米塔奇，我在伦敦银行工作，而且被定犯了国法，处以流刑。孩子，不要过分斥责我吧。这是一笔赌债，为了偿还，我动用了不属于我的钱。当时我有把握及时补上这笔钱。可是厄运临头，我期待的款项没有到手，又赶上查账的时间提前了，被他们发现了我的亏空。这件案子本来可以处理得宽大一些，可是三十年前的法律是很严厉的。于是在我二十三岁生日那天，便被定了重罪和其他三十七名罪犯一起被锁在"哥洛里亚斯科特号"帆船的甲板上，流放到澳大利亚去。

"'那是1855年，克里米亚战事进行得正激烈。原来载运罪犯的船只大部分在黑海中挪作了军事运输之用，因此政府只好用较小的船只来遣送罪犯。"哥洛里亚斯科特号"帆船是做中国茶叶生意的，样子是老式的，船头很重，船身很宽，早已经落后于新式快速帆船。这只三桅帆船载重五百吨，船上除了三十八名囚犯以外，还有二十六名水手，十八名士兵，一名船长，三名船副，一名医生，一名牧师和四名狱卒。从法尔默思起航时，船上总共有一百人左右。

"'正常情况下囚犯船的囚室隔板都是用厚橡木制成的，可是这只船的囚室隔板却非常薄。在我们被带到码头时，我的视线被一个人吸引住了，他被囚在船尾我隔壁的囚室里。这是一个年轻人，面容英俊，没有胡须，鼻子又细又长，瘪嘴，一副无所谓的神情。他走起路来昂首阔步，最显眼的还是他那高大的身材，别人的个头都不到他的肩部，他至少有六英尺①半高。在这么多忧郁而消沉的面孔里，看到如此精力旺盛而又果决坚毅的一张脸，实在是令人印象深刻。我发现他在我的隔壁，我非常高兴。一天夜深人静的时候，有细细的声音传过来，我回头一看，原来是他在囚室隔板上挖了一个洞，我更是欣喜若狂。

"'他说："喂，朋友！你叫什么名字？定的什么罪？"

"'我回答了他，又反问他是谁。

"'他说："我叫杰克·普伦德加斯特，我敢起誓，你马上就会知道我的好处。"我听说过他的案子，因为在我自己被捕以前，他的案子在全国曾经引起很大的轰动。他有很好的出身，又精明能干，但沾染了不可救药的恶习，靠巧妙的欺诈，从伦敦富商手中骗取了巨款。

"'这时他便得意地说："喂！你一定知道我的案子吧？"

---

① 　1英尺=0.304799999537米

　　"'我说："是的，很多人都会记得。"

　　"'他说："那么，你记得那案子有什么特点吗？"

　　"'我说："有什么特别呢？"

　　"'他说："我弄到将近二十五万镑巨款。"

　　"'我说："大家都是这么认为。"

　　"'他说："但你知道这笔款子并没被追回去吗？"

　　"'我回答："不知道。"

　　"'他又问道："喂，你猜这笔巨款现在在哪儿？"

　　"'我说道："猜不出来。"

　　"'他大声说："这笔钱还控制在我手中！没错，我名下的钱比你的头发还要多。朋友，要是你手里有钱，又懂得怎样管钱用钱，那你就可以为所欲为了。你想一个为所欲为的人会甘心待在这种到处是老鼠和虫子的破旧船里吗？不，朋友，这种人他不仅要自救，而且还要帮助他的难友，你可以放心地依靠他。"他当时就是这么说的。开始我不以为然，可是过了一会，他又试探了一番，并且一本正经地向我发誓，确实有一个夺取船只的秘密计划。在上船之前，已经有十二个犯人做好准备，普伦德加斯特领头，他用金钱推动这次计划。普伦德加斯特说："我有一个同伴，是一个值得信任的人，诚实可靠，钱在他手里。你猜这个人现在在哪里？呃，他就是这只船上的牧师——那位牧师，没错！他在船上穿一件黑上衣，身份证很可靠，他带着可以买通全船人的钱。全体水手都是他的心腹。在他们受雇到这艘船之前，他就用现金把他们收买了。他还收买了两个狱卒和二副梅勒，如果他认为船长值得收买，那他连船长本人也会收买过来。"

　　"'我问道："那么，我们究竟要干什么呢？"

　　"'他说："你看呢？我们要染红一些士兵的衣服。"

　　"'我说："可他们都有武器啊。"

　　"'他说："朋友，我们当然也有武装，每人两支手枪。全体水手都是我们的后盾，要是还不能夺取这只船，那我们就该进幼儿园了，就太没用了。今天晚上你跟左邻的人谈谈情况，看他怎么样。"

　　"'我照办了，了解到我的左邻是个年轻人，处境和我差不多，罪名是伪造货币。他原名伊文斯，现在当然也改名换姓了，是英国南方的一个很富有的人。他完全同意参加这一密谋，因为只有这样我们才能有希望，所以在我们的船横渡海湾之前，全船犯人只有两个没参加这个计划。一个很软弱，不值得信任；另一个患黄疸病，完全帮不上忙。一开始，我们的夺船行动很顺利。水手们是一伙流氓，是专门挑选来干这种事的。冒牌牧师不断到我们囚舱来给我们鼓劲，他背着一个黑书包，像是装满经文的样子。他进进出出十分忙碌。第三天，我们每个人的手中都握有一把锉刀、两支手枪、一磅①炸药和二十发子弹。有两个狱卒早就是普伦德加斯特的心腹，二副也成了他的助手。我们在船上的对手，只有船长、两个船副、两个狱卒、马丁中尉和他的十八名士兵以及那位医生。虽然有了足够的准备，但为求一举成功，我们决定在晚上突袭。然而，行动却提前进行了。情况是这样的：

"'在船起航后第三个星期的一天晚上，医生来给一个犯人看病。在犯人床铺下面他看出了手枪的轮廓。如果他当时镇定自若，我们的计划就可能以失败告终，但他是个胆小鬼，一脸惊慌之色地叫出声来，那个囚徒立刻明白事情不妙，并将他抓住。他来不及发出警报，嘴便被堵住了，他被绑到床上。趁着医生来时打开了门上的锁，我们冲上了甲板。两个哨兵中弹倒地，一个班长也被我们打倒。另有两个把着舱门的士兵的火枪似乎没有弹药，对我们没有任何威胁，在他们准备上刺刀时中弹身亡。当我们冲入船长室时，里面已响起了枪声，推门一看，船长已倒在地上，脑髓把钉在桌上的大西洋航海图都浸湿了，而牧师站在一旁，手中的枪正冒着烟呢。两个船副早就被抓住了，看来事情很顺利，我们成功了。

"'我们一窝蜂似的冲进紧邻船长室的官舱，坐在长靠椅上畅谈起来，为能重获自由而狂喜。官舱的四周都是货箱，冒牌牧师威尔逊搬来一箱褐色的葡萄酒。正当我们准备举杯畅饮的时候，突然传来一阵枪声，官舱里立刻充满了烟雾，根本看不清发生了什么事。烟雾散去后，我们发现那里一片血腥。威尔逊和其他八个人倒在地上奄奄一息，至今每当我想起那桌上酒血飞溅的情景，仍令我感到恶心。我们都被这突发事件吓愣了，幸亏了普伦德加斯特的强悍。他像公牛似的，怒吼着冲出门去，所有活着的人也都随他冲到舱外，看见船尾站着中尉和他手下的十个士兵，他们利用正对着桌子上方的一个旋转天窗向我们射击。但在他们添装新火药的时候，我们冲了上去。他们虽然奋力抵抗，还是我们占了上风，五分钟内结束战斗。

---

①　1磅=0.45359237038千克

上帝啊，那里简直成了人间地狱。普伦德加斯特像疯了一样，把士兵一个个扔进海里，根本不管他们是死是活。一个伤重的中士在海里挣扎了很长时间，最终还是死在枪口下，我们歼灭了全部敌人，只留下两个狱卒，两个船副和一名医生。

"'对剩下的这几个敌人如何处置，我们发生了争执。许多人在夺回自由以后不愿再杀人。杀死手执武器的士兵是一回事，但是向手无寸铁的俘虏动手却让人难以下手。我们八个人，五个犯人和三个水手都不同意再杀人，但普伦德加斯特和他的一伙人却决定干到底。他说："我们求得生存的唯一出路，就是把事情干彻底，不能留下任何一个活着的人，将来到法庭指证我们。"我们差一点又遭拘禁，不过他终于放口说，如我们愿意，可以坐小艇马上离开。我们同意了他的决定，因为实在是厌恶这种残杀，不过我们预感到接着会有比这更残忍的事情发生。于是，他发给我们每人一套水手服，还有一桶淡水、一小桶腌牛肉、一小桶饼干及一个指南针。普伦德加斯特又给我们一张航海图说，如果我们遇到其他船只一定要说我们是一艘失事船的水手，侥幸逃了出来。船是在北纬十五度，西经二十五度沉没的。然后他割断了连接小艇的缆绳，任其漂流了。

"'我亲爱的儿子，下面我要讲的是整个故事中最惊心动魄的部分。在战斗发生的时候，水手们曾经落帆逆风而行，但在我们离开后，他们又扬起风帆，乘东北风驶离了我们。我们的小艇顺风漂流。我和伊文斯是八个人中受过教育最多的。我俩开始研究海图，确认我们所在的位置，计划向何处的海岸行驶。这是一个需要细心考虑的问题，因为向北约五百英里是佛得角群岛，向东约七百英里是非洲海岸。由于当时是北风，我们认为最好是驶往塞拉利昂，于是掉头驶向目标。这时我们乘坐在小艇上向后方看时，三桅帆船已只能看见船桅了。我们正望着，突然看到一股浓密的黑烟直升天空，停挂在天上。同时，耳边响起一声巨响，烟雾散尽后，我们再也看不到"哥洛里亚斯科特号"帆船的踪影了。我们立即掉转船头，全力向那里驶去，那一片烟雾说明船已经遇难的事实。

"'我们乘坐着小艇用了很长时间才到达那里，我们怕来得太迟，耽误了救人。我们只见一条支离破碎的小船和一些断桅残板在水上漂荡，这可以表明帆船真的沉没了，一个活人的影子也没见到。在我们失望地掉转船头时，忽听有人呼救，仔细一看不远处有一个直挺挺的人躺在一块残板上。我们把他救到船上，原来这是一个年轻的水手，他的名字叫哈德森，他身上有多处烧伤的痕迹，神情疲惫，说不出话，一直到第二天早上，我们才知道了事情的经过。

　　"'在我们离开之后，普伦德加斯特及他的那一伙人就动手屠杀剩下来的那五个被囚禁的人。他枪毙了两个狱卒，并把死尸扔进海里，对三副也照此处置。普伦德加斯特下到中舱亲手割断了可怜的医生的喉咙。现在只剩下大副一个人了，他看起来是个勇敢而又机智的人。他见普伦德加斯特手持沾满鲜血的屠刀走过来，便挣开事先设法弄松的绑索，跑到甲板上钻进了尾舱。十二个持枪的罪犯冲向他，他手里拿着一盒火柴，坐在打开的一桶火药旁，当时船上有一百桶火药。大副说，谁敢动一下，大家就一起死。就在这时爆炸发生了。哈德森认为不是大副点的火，而是一个罪犯开枪误中了火药桶。就这样一切都结束了。

　　"'我亲爱的孩子，这就是事情的经过。第二天，一艘开往澳大利亚的双桅船"霍特斯泼号"搭救了我们。该船船长毫不怀疑地相信了我们是遇难客船的幸存者。海军部将"哥洛里亚斯科特号"运输船作为海上失事船只记录备案，而事实真相丝毫没被人透露出去。我们所乘坐的"霍特斯泼号"让我们在悉尼上了岸，伊文斯和我改名换姓去采矿，在各国人聚集之地，我们顺利地隐瞒了过去。其余的事我也不必细说了。后来我们发财了，一番周游后，又以富有的殖民地居民身份返回英国，购置了产业。二十多年来，我们生活安定、幸福，希望永远忘掉过去。后来，这个叫哈德森的水手来到这里，我一下就认出他就是我们最后从水上救上来的那个人，当时我的感觉你可以想象。他不知用什么方法查到了我们的地址，利用我们的恐惧心理，敲诈勒索。你现在该明白了吧，我为什么对他百依百顺，我的心里充满了恐惧。他虽然离开我去敲诈另一个人了，可是他还是在威胁着我们。'

　　"下面的字是颤抖着手写的，字迹潦草不清：'贝多斯写来密信说，哈德森已揭发一切。上帝啊，可怜可怜我们吧！'

　　"这就是我在那天晚上读给小特雷佛听的故事。华生，这真是一件极富戏剧性的案子。经过这件事后，我的朋友情绪十分低落，后来他迁到特拉伊去了，在那里种起了茶树，听说过得不错。至于那个水手和贝多斯，一直没有什么最新的消息，他们在大家的视线中消失了。没有人向警局告发，所以贝多斯把哈德森的威胁错认为是事实了。曾有人看到哈德森在附近出没，警方认为他杀了贝多斯，然后畏罪潜逃了。正相反，我认为是贝多斯在忍无可忍的情况下杀死了哈德森，携款逃到国外去了。这就是全部的经过了，朋友，对这些感兴趣吗？希望我可以给你提供有益的资料。"

马斯格雷夫礼典

　　我的朋友夏洛克·福尔摩斯思维敏锐，条理清晰，衣着整洁而且朴素，但是他的生活习惯却凌乱无序。他独特、异常的个性经常使我这个和他同居住的人感到烦恼。当然，我在这方面也并非没有瑕疵。在阿富汗混战期间的工作以及我不修边幅的个性使我已经成了一个非常马虎松懈的人，而这不是一个医生该有的样子，但至少对于我来说还得有个限度。可是，当我看到一个人把烟卷放到了煤斗上面，把烟叶放在波斯拖鞋上面，把一些未回复邮件插在那把木制的大刀尖下，这时，我便觉得自己还不算太差。同时，我总认为手枪打靶练习应当是在户外的活动。然而，对于福尔摩斯先生来说，只要一时兴致所至，他就会坐在一把扶手椅上，带着对维多利亚女王的爱国热情，用他那把一触即发的手枪和用上百发子弹把对面的墙装扮成星星点点的样子。我强烈感觉到：这样的结果既不能让我们的房子面貌得以改观，也不能让屋里的气氛得以改善。

　　我们的房间到处都是化学药品和罪犯的遗物，而且经常会出现在你意料不到的地方，或者在黄油盘，或者在令你更想不到的地方。他的文件才是我最大的问题，因为他从不愿意销毁文件，特别是那些过去和他案子有关的，他会每隔一两年集中精力来处理一次。正如我曾经在一些零星的回忆录中某些地方提及的那样，因为只有当他建立功勋，名扬四海之后，他才会有此精力来顾及这些。但是，这样的热情和精力很快就会消失，伴随而来的便是终日以小提琴和书籍为伴，反应异常的冷漠，除了从沙发到桌子旁，几乎不会移动半步。就这样，月复一月，他那些手稿文件堆积成山，遍及屋子每个角落。即使这样，他也不愿烧毁，而且这些东西除了他自己，谁都不允许挪动半步。

一个冬天的晚上，我们坐在炉火旁，我贸然建议：在完成了备忘录的摘抄之后花两个小时把房间整理得稍微适于居住一些。他无法拒绝和反驳我这个正当的要求，因此，带着懊悔的神情走进卧室，不一会身后拖着一个大箱子从里面出来，放在了屋子中央的地板上，他蹲坐在一个小凳子上打开了盖子。我看见箱子里面的三分之一已经装进用红线绑好的捆扎文件。

"华生，这里有很多很多的案子，"他用顽皮的眼神看着我说，"我想如果你知道我这个箱子里面装的是什么，你就会叫我把这些装进去的文件取出来，而不会要求我再把没有装进去的文件装进这个箱子了。"

"如此说来，这都是你早期办案的记录吗？"我问道，"我一直希望写写那些案子。"

"是啊，伙计，这些都是我还未出名时办理的案件。"福尔摩斯小心翼翼地取出一捆捆扎好的文件。

"华生，这些案子并不都是办得很成功，"他说，"但是，这些案子当中也有很多精彩的。这是塔尔顿凶杀案的记录，这是范贝利酒商案，这是俄国老妇人历险案，这是铝制拐杖奇案，这是那个跛脚的里克里特和他凶恶的老婆的完整记录。啊，看这一件案子，很特别！"

福尔摩斯把手放进了箱子底部，取出了一个木制的、盖子能够滑动的、像小孩玩具的盒子。他从盒子里面取出一张皱巴巴的纸和一把旧式的铜质钥匙，以及一个线球包裹的木钉和三张已经锈迹斑斑的旧金属片。

"嗨，伙计，你猜猜这是怎么回事？"福尔摩斯看着我疑惑的样子，笑问道。

"简直是稀奇的收藏。"

"是啊，关于这些收藏品的故事更稀奇！"

"也就是说，这些遗物都有一段历史？"

"到这样的程度，它们本身已经是历史了。"

"怎么讲呢？"

福尔摩斯把它们一件一件取出来，沿桌子的边缘一字列开，然后坐回到椅子上，以一种满足的眼神欣赏着这些历史遗物。

"这些遗物都关于马斯格雷夫礼典案的。"他说道。

我曾多次听他提及此案，然而从未知悉详情。

"如果你能给我详细讲讲该案，那就太好了！"我说。

"那些乱七八糟的文件就可以不清理了吗？"福尔摩斯先生俏皮地大声问我，"华生，你的清理工作又要泡汤了。但是我很高兴你把这件案例写入你的札记，我相信这件案子不仅在国内案例中非常独特，在国外也如此。如果我的那些微不足道的成就被收集，而这件离奇的案例被忽略的话，那将非常遗憾。

"你还记得'歌莉娅斯科特事件'吧？我曾经和你讲过他的不幸。我和他的谈话使我第一次注意到职业问题，后来我成了侦探。而如今，正如你所见，无论在官方还是民间，我声名远扬，对于各种离奇疑案，他们都把我当作终审最高'法院'。即使你我初识之时，也就是我办理的你后来记载为'血字的研究'一案之时，我已经建立起一定的网络圈子，具有了相当数量的雇主，尽管当时的效益还不算太好。你很难看出，我当初是多么的艰辛，经历了长久的等待和努力才取得今日的成就！

"最初来到伦敦，我住在大英博物馆附近的蒙塔格街。闲暇等待之时，我潜心学习和研究各种科学，为将来有所作为打下基础。通过一些老同学的引荐，不时有人来找我办案，由于在大学的后几年，大家对我和我的思维方式都印象较深。马斯格雷夫礼典案是我破的第三个案件。案中一系列离奇事件引起了我高度的好奇和兴趣，后来事实也证明这些事件对侦破此案利害攸关。这件事使我向今天的职业迈出了第一步。

"我和雷金拉德·马斯格雷夫是大学校友，曾经有一面之交。在大学时，他不怎么受欢迎，给人一种高傲的感觉。但在我看来，他的傲慢在于他想要掩饰自己天生的不自信。他身材瘦小，鼻子较高，眼睛较大，行为不紧不慢，看上去温文尔雅，极具贵族气派。事实他的确属于英国最古老的贵族后裔。在16世纪的一段时间里，他们这支贵族便从北方的马斯格雷夫家族中分离，居住在苏塞克斯的西部。曼罗赫尔斯通庄园可能是在这一带至今还有人居住的最老的建筑了。他的形象似乎和他的出生地苏塞克斯的环境有着特别的渊源。每当看到他的苍白敏锐面孔以及他头部的形状，我都会自然地联想到那些灰色的拱道、直棂的窗户以及那座封建古堡的一切遗迹。有一两次我们不自觉地交谈起来，并且我记得他不止一次地表达了对我的观察和推理方法的浓厚兴趣。

"有四年时间我没见过他了，直到有一天早上他走进了我蒙塔格街的房间。他变化不大，俨然一副上流社会年轻人的打扮（他一直是个很讲究衣着的人），仍然维持着他以前那种与众不同的温文尔雅的风度。

'"过得怎样，马斯格雷夫？'和他亲切地握手后，我问道。

"'你大概听说我可怜的父亲去世了的消息吧？'他说，'他两年前离开了我们。从那时开始我便理所当然接管了赫尔斯通庄园，加上我也是我们地区的下院议员，所以我变得很繁忙。但是，福尔摩斯先生，我了解到你正在把你那些曾经令我们惊讶的思维和推断能力运用到实际生活中去，对吗？'

"'是的'，我回答道，'我靠这点小聪明谋生。'

"'如此说来我非常高兴，因为你的指教将对我具有很大的帮助。我们赫尔斯通庄园发生了许多稀奇古怪的事，连警察也摸不着头绪。它的确是一件不同寻常的奇案。'

"你能想象听到他的讲述时我的心情有多么急切吗，华生？几个月的期待之

后，机会终于到来了。在我内心深处，我坚信当别人不能取得成功时，我便拥有了证明自己的机会，我一定会成功。

"'能否告诉我具体情节？'我大声对他说。

"马斯格雷夫点燃我发给他的一支香烟，面对我坐了下来。

"'你知道的，'他说，'尽管我是一个单身汉，但我还得维持相对数量的仆人，因为赫尔斯通是个偏僻凌乱的旧庄园，需要一些人照料打理。当然，我也不愿辞退他们。每当在打猎野鸡的季节，我都会在家里举办宴会，时而会留客小住，因此我不能缺少人手。我家一共有八个仆人，一个厨师，一个管家，两个男仆和一个跑腿的。至于花园和马厩，另有一班子人。

"'在这帮仆人中，管家布伦顿当差时间最长。我父亲当初雇他时，他是一个不称职的小学教师。但他精力充沛，个性鲜明，很快就得到家族的赏识和器重。他身材魁梧健硕，外表英俊潇洒，额头俊美，尽管和我们相处已二十年，但年龄还不到四十。他精通几国语言，几乎可以演奏所有乐器。他有这么多优点和非凡的才能而长期处于仆役地位却还能如此满足，的确令人费解。我倒是认为他是安于现状，懒于改变。凡是来拜访赫尔斯通的人都会记住这个管家。

"'可这个完人也有一个缺点。他有一点唐璜的风格。可想而知，像他那样的人，在这样的穷乡僻壤要风流快活是多么轻而易举。他刚结婚时还好，但自从丧妻后，他就给我们带来无尽的麻烦。几个月以前，他和我们家二等女仆蕾切尔·豪厄尔斯订了婚。我们本希望他会有所改观，可不久他把蕾切尔给甩掉，又与猎场看守班头的女儿珍妮特·特雷杰丽丝纠缠不清。蕾切尔是一个不错的姑娘，但是性格冲动，具有典型的威尔士人风格。她刚得了一场严重的脑膜炎，直到现在才开始能够在屋子里走几步，或者说刚好昨天才能走。与过去相比，俨然她已经变成了一个黑眼圈的幽灵。这是赫尔斯通庄园的第一出戏剧性事件。可是接着又发生了第二出，这次的事件使我们把第一件抛诸脑后，而事件的起因是管家布伦顿的失势和被解雇。

"'事情是这样的。我曾说过这个人很聪明，可是聪明反被聪明误，因为聪明的头脑使他对与自己无关联的事显得尤为好奇。我压根没预料到他的好奇会使他陷入如此的麻烦，直到一起偶然事件引起我的注意。

"'我提到过，这所庄园原来很凌乱。上星期某天，准确地说是上星期四晚上晚餐后，我极为愚蠢地喝了一杯特别浓的咖啡，很久不能入睡，一直到清晨两点，依然感到毫无睡意，便起来点起蜡烛，打算继续看没看完的一本小说。可是我把这本书丢在弹子房了，于是我披上睡衣走出卧室去取。

"'去弹子房，我必须下一段楼梯，然后经过一段走廊，走廊的尽头通往藏书室和枪库。我向走廊望过去，忽见一道微弱的亮光从藏书室敞开的门内射出，可想而知，我会感到多么惊奇。临睡前我已经亲自把藏书室的灯熄灭，把门也关上了。自然，我首先想到的就是夜盗。赫尔斯通庄园的走廊里的墙壁上装饰着许多古代武器的战利品。我挑出一把战斧，丢掉蜡烛，蹑手蹑脚地走过走廊，向门里窥视。

"'原来是管家布伦顿待在藏书室里。他靠在一把安乐椅里，衣着整洁，膝上摊着一张纸，看上去好像是一张地图，手托前额，正在沉思。我瞠目结舌地立在那里，悄悄观察他的动静。我借着桌边一支小蜡烛微弱的光线，看见他突然从椅子上站起来，走向旁边一个写字台，打开锁，拉开一个抽屉。他从里面取出一份文件，然后回到原来的位置，把文件平铺在桌边蜡烛旁，仔细地研究起来。看到他那么镇静自若地检查我家的文件，我勃然大怒，一步跨向前去。这时布伦顿抬起头来，见我站在门口，吓得脸色发青，跳了起来，连忙把刚才研究的那张文件塞进怀中。

"'我说："好哇！你就是这样报答我对你的信任。明天你就辞职走人吧。"

"'他垂头丧气地鞠了一个躬，悄悄地从我身边溜走了。蜡烛依然摆在桌上，借助烛光，我望过去想看一看布伦顿从写字台里取出了什么文件。出乎我意料的是那文件一点都不重要，只是一份奇异的古老仪式中的问答词而已。这种仪式叫"马斯格雷夫礼典"，是我们家族特有的仪典。在过去的几世纪里，凡是马斯格雷夫家族的人成年时都要进行这种仪式——这只跟我们家族的私事有关，就像我们自己的标记一样，或许对考古学家有用，但在实际生活中一无是处。'

"'我们最好还是回头再谈那份文件的事情吧。'我说道。

"'如果你认为有必要的话，'马斯格雷夫迟疑地回答道，'好，我继续讲下去。我用布伦顿留下来的钥匙重新把写字台锁好，正要转身离开时惊奇地发现管家已经回来了并且站在我的面前。

"'他用嘶哑的声音激动地高声叫道："先生，马斯格雷夫先生，我不能丢这个脸。先生，我虽然身份卑微，但注重脸面，丢了面子就犹如要了我的命。先生，如果你真的不要我活，那么你要对我的死亡负责，我会说到做到。先生，如果在发生了这件事后你再也不能留我，请看在上帝的面上，给我一个月的假期，就像我自愿辞职了一样。马斯格雷夫先生，辞职没有什么，只是我不能忍受当着所有人的面被赶出去。"

"'我回答："布伦顿，你的行为如此恶劣，不配得到关照。不过，念在你在我们家待了那么长的时间，我也不想当众丢你的脸。不过，一个月太长了，你就在一星期之内离开吧，什么样的理由都可以。"

"'他绝望地说："只给一个星期？先生，两个星期吧，至少两个星期！"

"'我重复道："一个星期，我已经做了很大让步了。"

"'他绝望地垂头丧气地走开了。我吹熄了灯回到了自己的房间。

"'在那件事之后的两天里，布伦顿表现得非常地勤奋尽职。我装作若无其事的样子，好奇地等待他怎样保全面子。他习惯吃完早餐就来听候我对他一天工作的安排。可是第三天早晨他没有来。我从餐室出门时刚好碰到女仆蕾切尔·豪厄尔斯。前面已经提过，她刚刚病愈复原，面无血色，于是我劝她不要再继续工作。

"'我说："你应该等身体好一点了再来工作。"

"'她带着奇怪的眼神看着我，我开始怀疑她是不是又犯脑病了。

"'她回答道："我已经好了，马斯格雷夫先生。"

"'我回答她："我们得听医生怎么说。你马上停下工作，下楼时请告诉布伦顿我找他。"

"'她说："管家已经离开了。"

"'我问她："走了，去哪里了？"

"'她回答道："他走了，没有人看见他。他不在房里，的确走了！"蕾切尔说着靠在墙上，突然歇斯底里地发出一阵阵尖声狂笑，使我毛骨悚然。我急忙按铃叫人帮忙。仆人们把她搀回房去。我向她询问布伦顿的情况，她依然尖叫着，不停抽泣。显然，布伦顿确实走了。他的床昨晚没人睡过，从他前夜回房以后，再也没人见到过他。也很难查明他是怎样离开住宅的，因为早晨门窗都是闩着的。他的衣服、钱、表，都在屋里原封未动，只有常穿的那套黑衣服不见了。他的拖鞋穿走了，长筒靴却留了下来。那么他半夜到哪里去了呢？他现在情况如何呢？

"'我们把整个庄园搜了个遍，可是连他的影子都没有找到。正如我说过的，这所老宅子像迷宫一样，特别是那些现在实际上已经无人居住的古老的厢房。可在我们反复搜查了每个房间和地下室后，并没有发现失踪者的蛛丝马迹。我不相信他能丢弃所有财物空手离开，再说他又能到什么地方去呢？我叫来当地警察，也没查出什么名堂。前夜曾经下过雨，但我们在庄园四周的草坪与小径上没有发现什么痕迹。情况就是这样，只是后来事情又有了新进展，把我们的注意力从这个疑团上引开了。

"'蕾切尔这两天来病得很严重，时而神智昏迷，时而歇斯底里地乱叫，于是我雇了一个护士给她陪夜。护士发现她睡得很香，便坐在扶手椅上打盹，当第二天大早醒来，发现病床上空空如也，窗户大开，病人消失得无影无踪。护士立即叫醒了我，我立即带着两个仆人出发去寻找。她的去向并不难辨认，因为从她窗下开始，我们可以沿着她的足迹，穿过草坪，就来到小湖边。足迹在石子路附近消失了，而这条石子路是通往宅旁园地的。这个小湖水深八英尺，我们看到足迹在湖边消失，当时的心情就可想而知了。

"'我们立即开始打捞尸体，但连影子也没有找到。但是捞出一件最意想不到的东西：一个亚麻布口袋，里面装着一堆陈旧生锈和失去光泽的金属件，以及一些暗淡无光的水晶和玻璃制品。除此之外，别无他物。此外，对蕾切尔和查德·布伦顿，虽然我们尽力全力，但依然杳无音讯。区警局已束手无策，于是我抱着最后的希望来找你了。'

"华生，可想而知，我是多么急不可待地倾听着这一连串离奇事件，思索着它们的关联性，找出共同线索。管家和女仆消失了，女仆曾爱过管家，管家抛弃了她，她有理由怨恨他。姑娘是威尔士血统，性格急躁。管家失踪后，变得激动，把装着怪异东西的袋子扔进湖里。这些都是需要考虑的因素，但没有一个因素触及问题的实质。这一连串奇怪事件的起点是什么？而现在只有它们的结果。

"我说：'我得看看你的管家冒着丢掉职业的危险要读的那个文件，马斯格雷夫。'

"'我的家族的礼典是件非常荒唐的东西。'马斯格雷夫回答道，'不过是古人留下的，还是有可取之处。如果你愿意，我这里有手抄件。'

"华生，马斯格雷夫就把这份文件交给了我，这就是马斯格雷夫家族中的每个成年人都必须服从的奇怪教义问答手册。问答词的原文如下。

"'他是谁的？'

"'是走了那个人的。'

"'谁应该得到他？'

"'那个即将来到的人。'

"'太阳在哪里？'

"'在橡树上面。'

"'阴影在哪里？'

"'在榆树下面。'

"'怎样预测它？'

"'向北十步又十步，向东五步又五步，向南两步又两步，向西一步又一步，就在下面。'

"'我们应该拿什么去换取它？'

"'我们的一切。'

"'为什么要拿出去呢？'

"'因为要守信。'

"'原件文字用的是17世纪中叶的拼写法，没有署日期，'马斯格雷夫说，'不过我怕这对你解决疑案没有多大帮助。'

"'至少，'我说，'它给了我们另外一个不解之谜，而且比原来的谜更有趣。很可能揭开了这个谜，那个谜也就迎刃而解了。请原谅，马斯格雷夫，我认为你的管家是一个非常聪明的人，而且他比你家十代人都要聪明。'

"'我不明白你的意思，'马斯格雷夫说，'我觉得那份文件并没有意义。'

"'但是，我觉得这份文件意义重大，在这一点上，我和布伦顿的意见一致。他可能在你抓住他那晚以前就看过这份文件了。'

"'这是很有可能的，因为我从来没有很用心地藏过它。'

"'我认为他最后这一次不过是想记住它的内容罢了。我想他正在利用一切地图和草图与原稿对照，但你进来时他就慌忙把那些图纸塞进衣袋。'

"'的确如此。不过他和我们家族这种旧习俗有什么关联呢？而这样无聊的家族礼仪又有什么意义呢？'

"'我认为查明这个问题并不难，'我说道，'如果方便，我们可以乘头班火

车去苏赛克斯，去现场深入调查这件事。'

"我们两个人当天下午就到了赫尔斯通。可能你早已见过这座著名的古老建筑的照片和记载，我就不再介绍了，只想说明那是一座L形的建筑物。长的一排房是近代样式的，短的一排房是古代遗留的房屋中心，其他房屋都是从这里扩展出去的。在旧式房屋中部的低矮笨重的门楣上，刻着1607年这个日期。不过行家们都认为，那屋梁和石造构件的实际年代还要久些。旧式房屋的墙壁高而厚，窗户都很小，于是这一家人在上一世纪就盖了那一排新房。现在旧房专门用作库房和酒窖。房子四周长满茂密的古树，形成一个优雅的小花园，我的委托人提到的那个小湖紧挨着林荫路，离房屋约二百码①。

"华生，我确信，这不是孤立的三个谜。如果我能正确理解'马斯格雷夫礼典'，我就一定能抓住线索查明与管家布伦顿和女仆雷切尔两个人有关的事实真相。于是我使出浑身解数。为什么管家那样急于掌握那些古老仪式的语句？显然是因为他看出了其中的奥秘，而这些奥秘从未受到这家乡绅的注意。布伦顿希望利用这个奥秘发财。那么这种奥秘到底是什么？它对管家的命运又有什么影响呢？

"我把礼典读了一遍，思绪豁然开朗。这种测量方法一定是指礼典中某些语句暗示的某个地点，如果能够找到这个地点，我们就会向谜底正确迈进，而马斯格雷夫的先辈认为必须用这种奇妙的方式才能使后代记住这个秘密。要开始动手，我们得知道两个坐标：一棵橡树和一棵榆树。橡树就在房屋的正前方，车道的左侧，橡树丛中有一棵最古老的，是我平生见过的最高大的树。

"'起草你家礼典的时候这棵橡树就有了吗？'当我们驾车经过橡树时，我说道。

"'八成在诺尔曼人征服英国时就有了，'马斯格雷夫答道，'这棵橡树有二十三英尺粗呢。'

"我猜测中的一点已经证实，便接着问道：'你们家有老榆树吗？'

"'那边曾经有一棵很老的榆树，十年前被雷击死了。我们已经把树干锯掉了。'

"'你能指出那棵榆树的遗址吗？'

---

①　1码=0.91439999861米

"'啊，当然可以了。'

"'没有别的榆树了吗？'

"'没有老榆树了，不过有许多新榆树。'

"'我很想看看这棵老榆树的遗址。'

"我们乘坐的是单马车，没有进屋，委托人立即把我引到一个坑洼处，那就是榆树过去生长的地方。这地方几乎就在橡树和房屋的正中间。我的调查看来正有所进展。

"'还能知道这棵榆树的高度了吗？'我试探着问道。

"'我可以立即告诉你树高六十四英尺。'

"'你怎么知道的呢？'我吃惊地问道。

"'我的老家庭教师经常叫我做三角练习，练习方式往往是测量高度。我在少年的时候就测量过庄园里每棵树和每栋建筑的高度。'

"真是幸运。我的数据来得比我想的还要快啊。

"'请告诉我，'我问道，'管家曾问过你这榆树的事吗？'

"马斯格雷夫吃惊地望着我：'经你一提醒我到想起来了，几个月前，布伦顿在同马夫发生一场小争论时，的确问过我榆树的高度。'

"这个消息简直太振奋人心了，华生，因为这说明我的思路没错。我抬头一看，太阳已经偏西，我算出，不用一小时，就要偏到老橡树最顶端枝头的上空。礼典中提到的一个条件已经满足了。而榆树的阴影一定是指阴影的远端，不然为什么不选树干做标杆呢？于是我寻找太阳偏过橡树顶端时，榆树最远端落在什么地方。"

"那一定非常困难，福尔摩斯，你瞧榆树已经不在了。"我说道。

"嗯，布伦顿能找到的，我当然也能找到。更何况实际上并不困难？我和马斯格雷夫走进他的书房，削了一个木钉。我把这条长绳拴在木钉上，每隔一码打一个结，然后拿了两根钓鱼竿拴在一起，总长度正好六英尺，然后和我的委托人回到老榆树旧址。这时太阳正好偏过橡树树顶。我把钓鱼竿一端插进土中，记下阴影的长度，共九英尺。

"计算就很容易了。如竿长六英尺的投影为九英尺，则树高六十四英尺时投影就是九十六英尺了。而钓鱼竿阴影的方向也就是榆树的方向。我丈量出这段距离，差不多就达到了庄园的墙根。我在这地方钉下了了木钉。华生，当我发现离木钉不到两英寸的地方地方有个锥形的小洞，你可以想象我当时有多么兴奋。我断定那就是布伦顿丈量时做的标志，我正在重复他的老路呢。

"从这点起我们开始步测，首先用我的袖珍指南针定下方位，顺着庄园墙壁向北行了二十步，再定下一个木钉。然后我小心地向东迈十步，向南迈四步，便到了旧房大门门槛下。按照礼典指示的地点，再向西迈两步，我就走到了石板铺的甬道上了。

"华生，我从来还没有像那时那样灰心失望过。一时之间我似乎觉得我的计算一定有根本性的错误。斜阳把甬道的路面照得通亮，甬道上铺的那些灰色石板，虽然古老，而且被过往行人踏薄了，但还是用水泥牢固地铸在一起，显然多年未被人移动过。布伦顿肯定不可能在此地动手。我敲了敲石板，到处声音都一样，石板下面没有洞穴和裂缝。马斯格雷夫开始体会到我这样做的用意，也像我一样兴奋不已，我拿出手稿来核算我的计算结果。

"'就在下面，'他高声喊道，'你忽略了一句话：就在下面。'

"我原以为这是要我们挖掘呢，当然我立即明白我想错了。'那么说，甬道下面有地下室吗？'我高声喊道。

"'有啊，地下室和这些房屋一样古老，就在下面，从这扇门进去。'

"我们沿着迂回的石阶走下去，我的同伴用火柴点着了放在墙角木桶上的提灯。霎时我们就能看清楚了，我们来到了我们要找的地方，而且最近几天还有其他人来过。

"这里早就被用作堆放木料的仓库，可是那些原先被人乱丢在地面上的短木头，现在都已被人堆放在两边，以便在地下室中间腾出一块空地。空地上有一大块重石板，石板中央安放着生锈的铁环，铁环上缚着一条厚厚的黑白格子布围巾。

"'天哪！'我的委托人惊呼道，'那是布伦顿的围巾，我发誓看到他戴过这条围巾。这个恶棍来这里干什么？'

"按我的建议召来了两名当地的警察，然后我抓住围巾，用力地提石板。可是我只挪动了一点点，靠一名警察的帮助我才勉强把石板挪到一旁。石板下露出一个黑洞洞的地窖，我们都向下凝视着。马斯格雷夫跪在地窖旁边，用提灯伸下去探照着。

"我们看到这地窖约七英尺深，四英尺见方，一边放着一个箍着黄铜箍的矮木箱，箱盖已经打开了，锁孔上插着一把形状古怪的老式钥匙。箱子外面覆盖着厚厚的灰尘，受到蛀虫和潮湿的侵蚀，木板已经烂穿，里面长满了青灰色的木菌。箱底散放一些像旧硬币那样的金属圆片，其他一无所有。

"然而，我们顾不上这个旧木箱，因为我们发现在木箱旁边蜷缩着另一件东西，好像是一个人，穿着黑色衣服，蹲在那里，前额靠在箱子上，两臂抱住箱子。这个姿势使他全身的血液都凝固在脸上，没有人能认出来这张扭曲了猪肝色的脸是谁。但当我们把尸体拉过来时，从身材、衣服和头发判断，死者的确是那个失踪了的管家。他已经死了几天了，但身上并无伤痕能说明他的死因。尸体被搬出地下室。我们仍然面临着一个难题，这难题就像我们开始遇到的那个一样难以解决。

"华生，目前我依然承认，我曾对我的调查失去信心。当我按照礼典上的提示找到这个地方时，我曾希望能够解决这个问题。现在我已在此地，却仍然弄不明白。虽然我弄清了布伦顿的结局，但是他如何落到如此下场？那个失踪的姑娘在其中起到了什么作用？我坐到墙角的一个小桶上，思索着整个案件。

"遇到这种情况，你是知道我的处置方法的，华生。我替这个人设身处地的想一想，首先衡量一下他的智力水平，尽力设想要是我自己在同一情况下会怎么办。如此一来，事情变得很简单了。布伦顿绝顶聪明，他知道藏着宝藏，便准确地找到了藏宝地点，发现石板盖太重，一个人无法挪动。怎么办？就算他在庄园以外有信得过的人，但要求此人进来帮忙，也要开门放他进来，要冒被人发现的重大危险。最好的办法就是在庄园内部找到帮手。可是他向谁求助呢？这个姑娘曾倾心地爱过他。男人不管对女人多坏，他也始终不承认最后会失去那个女人的爱情。他可能献过几次殷勤，同女仆蕾切尔重归旧好，然后约好共同行动。他俩可能夜间一同来到地下室，合力掀开石板。此时我们追述他们的行动，犹如耳闻目睹一般。

"不过要揭开这石板，对于他们两个还是要很吃力，因为就连我和那个体格强健的警察都那么吃力，更何况其中一个是妇女？挪不动石板怎么办呢？要是我该怎么办？我站起身来，仔细地查看地面上散放的各种短木。我立刻发现了我料到会有的东西：一根约三英尺长的木棍，一端有明显的缺痕，还有几块木头侧面好像是被相当重的东西压平了。显然，他们一面把石板往上提，一面把木头塞进缝隙中，直到这个缝隙可以爬进一个人，然后才用一块木头竖着顶住石板，不让它落下来。石

板太重，以至于木头上都是压痕，至此我的证据仍然是可靠的。

"现在的问题是我如何重现那天晚上发生的事。很显然，这地窖只能钻进一个人去，那就是布伦顿。那个姑娘一定是在上面等候。然后布伦顿打开箱子，把里面的东西递上去，后来发生了什么事呢？

"我想，或许是那个性情急躁的凯尔特族姑娘一见亏待过自己的人可以任由自己摆布时，那积在心中复仇的怒火燃烧起来，或是木头自己滑脱，把布伦顿关死在地窖中，而她只是隐瞒真相未报？或是她突然把顶木推开？不论如何，反正在我眼前，似乎是一个抓住宝物的女人，拼命跑在曲折的楼梯上，充耳不闻身后的叫喊声，以及双手疯狂捶打石板的声音，正是那块石板窒死了对她薄幸的人。

"难怪第二天早上她面色苍白，吓得发抖，歇斯底里地笑个不停，原来如此。可是箱子里装着什么东西呢？这些东西和马斯格雷夫又有什么关系？当然箱子里一定是我的委托人从湖里打捞上来的那些东西。她一有机会就把这些东西扔进湖里，消灭证据。

"我一动不动地在那里坐了二十几分钟，反复思考着案子。马斯格雷夫依然站在那里，面色苍白，摆动着提灯，向石洞里凝视着。

"'这些是查理一世时代的硬币，'他从木箱里取出几块金币说道，'瞧，我们把礼典的时间推算得准确无误。'

"'我们还可以找到查理一世时代的其他东西，'我突然想到这个礼典的头两句话可能代表什么含义，我大声喊道，'我们看看你从湖里打捞出来的东西吧。'

"我们回到他的书房，他把那些破烂的东西摆放在我面前。一见那些破烂我就知道他不重视它们，因为金属几乎都变成了黑色，石块也暗无光泽。我拿起一块用袖子擦了擦，它在我手中，竟然闪闪发光。金属制品形状像双环形，不过已经弯曲变形了。

"'你一定还记得，'我说道，'甚至在查理一世死后，保皇党还在英国进行武装反抗，而当他们逃亡时，他们可能把许多宝贵的财物埋藏起来，准备在太平时期回国挖取。'

"'我的祖先拉尔夫·马斯格雷夫爵士，在查理一世时代是著名的保皇党成员，是查理二世逃亡的得力助手。'我的朋友说道。

"'啊，不错！'我答道，'现在好了，我看这才是我们要找的最后环节。我

必须祝贺你获得这笔珍宝，虽然来得有些悲剧，却是价值连城啊，作为历史珍品，意义更为重大呢。'

"'那到底是什么东西？'马斯格雷夫惊讶地追问道。

"'这不是别的，正是英国古代的一顶王冠。'

"'王冠！'

"'不错。想想礼典上的话吧！他怎么说来着！"它是谁的？是那个走了的人的。"这里是查理一世被处死说的。"谁应该得到它？那个即将来到的人的。"这里是对查理二世来说的，已经预示到查理二世要来到赫尔斯通的这座庄园了。我认为，毫无疑问，这顶破旧的不成样子的王冠曾经是斯图亚特帝王戴过的。'

"'它怎么跑到湖里面去了啊？'

"'啊，这些问题就需要花费些时间来回答了。'我把所做的推测和论断从头到尾对他说了一遍，直到很晚才把故事讲完。

"'那为什么查理二世回国后不来取王冠呢？'马斯格雷夫把遗物放回袋子里问道。

"'啊，你道出我们也许永远无法解回答的问题。可能是掌握这个秘密的马斯格雷夫就此去世了，而出于疏忽，他把这个指南用的礼典留给后人。从那以后，礼典代代相传，直到有人解开了秘密并冒险丧生。'

"这就是马斯格雷夫礼典案件，华生。那王冠就留在赫尔斯通……不过，他们在法律上经过一番周折，又付了一大笔钱才把它留下来。我相信只要你提我的名字，他们就会把王冠拿给你看的。而那个女人，一直杳无音讯，她很可能带着犯罪的记忆离开英国，逃到国外去了。"

（王静　译）

赖盖特之谜

　　1887年春，我的朋友夏洛克·福尔摩斯因操劳过度，累垮了身体，健康尚在恢复之中。当时，人们对荷兰苏门答腊公司案和莫佩屠斯男爵大阴谋案还记忆犹新。这两个案件与政治经济关系密切，就主题来说不适合纳入本系列。但是独特、复杂的案情间接地为我的朋友展示他的新侦破手段的效果提供了绝好的机会。当然，这仅仅是他毕生在与犯罪做斗争中使用的众多手段之一。

　　据我的笔记记载，4月14日，我收到一封发自里昂的电报，被告知福尔摩斯在杜朗旅馆卧病在床。不到24小时，我就赶到他的病房。看到他的病情不是非常严重，我才放下心来。连续两个多月，每天至少十五个小时的紧张调查工作，即使有钢铁般的体质，也得累垮。更何况，他还告诉我他曾一次连续工作五天。消息传开了：三个国家的警察都以失败告终，而他却全面挫败了欧洲最高超的诈骗犯，胜利破案。他在欧洲声名大振，来自各方的贺电堆积如山。即便如此，他的他脸上依然流露出痛苦的神情，胜利的喜悦未能使他从极度劳作后的疲惫中振作起来。

　　三天之后，我们回到贝克街。显然，换个环境对我朋友的健康会非常有益，同时对我来说，乘大好春光，在乡下住一个星期，也十分有吸引力。在阿富汗时我曾给治过病的一位老朋友——海特上校——在萨里郡的赖盖特附近买了一所住宅。他时常邀请我去他那里做客。最近，他表示只要我的朋友愿意，他将非常乐意款待他。我委婉地告诉福尔摩斯这个信息。当他得知上校是单身，且他可以自由行动时，他欣然同意前往。从里昂回来的下一个星期，我们便来到了上校的住所。上校是一位见多识广的老军人。如我所料，很快我发现他和福尔摩斯很谈得来。

在我们到达的那天晚餐之后，我们来到上校的贮枪室里。福尔摩斯伸展四肢，躺在沙发上。我和海特上校则欣赏着他小军械库里贮藏的东方武器。

"顺便说一句，"他突然说，"上楼时，我要带支手枪以防警报。"

"警报！"我很惊奇。

"最近，我们这里出了点事，大家受到了惊扰。上周一，有人闯进本郡的一位老富绅阿克顿家中。虽然并未受到多大的损失，但是那些家伙却至今逍遥法外。"

"没有任何线索？"福尔摩斯望着上校问道。

"目前还没有。在我们乡村，这只不过是一件很寻常的小案件。福尔摩斯先生，像你这样成功侦办过国际大案件的大侦探，是不会感兴趣的，对吗？"

面对溢美之词，福尔摩斯面带笑容，连连摆手叫不要夸自己。

"有无特别的作案意图？"

"我想没有。那盗贼把书房翻了个底朝天，所有的抽屉都被打开，书籍被弄得乱七八糟，费尽了劲，结果只拿走了一卷蒲柏翻译的荷马的诗歌、两只镀金烛台、一方象牙镇纸、一个橡木制的小晴雨计和一个线团。"

"真是五花八门！"我惊叹道。

"喔，这些家伙显然是顺手牵羊，碰到什么就拿什么。"

福尔摩斯在沙发上咕哝起来。

"地区警察应该从中发现一些线索，"福尔摩斯说，"因为，非常明显……"

我打手势告诫他："朋友，你可是到这里来休养的。在你仍然身心疲惫，没有恢复健康之前，千万别接手新案件。"

福尔摩斯耸耸肩，无可奈何地瞅了瞅上校，自然地，我们转向了一些轻松的话题。

然而，注定我作为医生对他的健康所做提醒都是徒劳的。第二天早晨，案件向我们步步逼近，我们再也不能置之度外。我们的乡村之旅发生了我们都始料未及的变化。我们正在进餐时，上校的管家不顾礼节闯了进来。

"你听说了吗？先生，"他气喘吁吁地说道，"在坎宁安家里！先生。"

"又是盗窃！"上校举着一杯咖啡大声说。

"谋杀！"

"上帝啊！"上校惊呼，"那么，谁被害了，治安官还是他儿子？"

"都不是，先生。是马车夫威廉。子弹直穿心脏，当场毙命。"

"那么，是谁杀了他？"

"是那个盗贼，先生。他很快就逃得无影无踪。他刚从厨房的窗户翻进去就与威廉撞了个正着。威廉为了保护主人的财物，丢了性命。"

"那是什么时候？"

"昨天晚上，大约十二点，先生。"

"哦，等会儿我们去看看。"说完，上校沉稳地坐下来接着吃早餐。

"太不幸了，"当他的仆人离开后上校接着说，"老坎宁安为人正派，在我们这里很有地位。那个仆人很不错，伺候他多年了，他一定会非常伤心。显然，是闯进阿克顿家的那个恶棍干的。"

"就是偷了一些乱七八糟的东西的那个人。"福尔摩斯沉思着说。

"对。"

"噢，这或许是世界上最简单的案子了。不过初看还是有些奇怪，不是吗？按照常理，一伙活动在乡下的盗贼总会不停地变化作案地点，不可能几天内在同一地点连续作案。当你昨晚说要采取些安全措施时，我记得我曾想这里可能是英国盗贼最不感兴趣的地区了。但现在看来，我错了。"

"我觉得应该是本地小偷干的，"上校说，"阿克顿和坎宁安是本地大户人家，是盗贼的首选。"

"也是最富有的？"

"嗯，应该是。但是他们之间打了多年官司，律师两头渔利，两家耗费都不少。老阿克顿声称他拥有坎安宁家一半的财产所有权。"

"如果是本地恶棍干的，抓到他应该不难，"福尔摩斯打了个呵欠说，"放心，华生，我不会干预此事。"

"先生，福斯特警官求见。"管家突然推开门说。

一个机警、敏捷的年轻警官走了进来。"早上好，上校"，他说，"我本不想打扰你，不过我听说贝克街的福尔摩斯先生在你这儿。"

上校指了指我的朋友，警官鞠躬致意。

"我们想，你或许愿意光临指导，福尔摩斯先生。"

"华生，注定我要违背你的意愿了，"他笑着说，"警官先生，你进来时我们正聊这个案子呢。能否告诉一些案件的详情？"

他用惯用的姿势向后仰靠在椅背上。我明白，乡村休养计划落空了。

"阿克顿案件，我们一点线索也没有。但这个案件我们掌握了大量的线索，毫无疑问，两起案件系同一人所为。我们有目击者。"

"啊！？"

"的确有，先生。但案犯在开枪杀死了可怜的威廉·柯万之后，像闪电般逃走了。老坎宁安先生从卧室的窗户看到了他，亚力克·坎宁安先生从过道的末端看到了他。警报是十一点四十五分发出的。老坎宁安先生刚刚躺下，亚力克穿着睡袍正在吸烟。他们同时听到马车夫威廉的呼救声。亚力克跑下楼去看到底发生了什么事。后门开着。当他下完楼梯，他发现两个人扭打在一起，其中一人开了一枪，另一人应声倒下。

"凶手迅速穿过花园，越过篱笆，逃走了。老坎宁安先生从他的卧室望出去，只见凶手跑上大路，转眼就消失了。亚力克停下来看看能否抢救那个奄奄一息的中弹者，结果让凶手逃之夭夭。除了知道凶手中等身材，着深色衣服外，我们还没有掌握其他具体线索。我们正开展大量细致的调查，如果他是外地人，我们很快就能找到他。"

"威廉在那里干什么？他死前说过什么没有？"

"什么也没说。他和他的母亲住在佣人房里。他是一个非常忠实的仆人，阿克顿家的事让大家提高了警惕。我们估计，他想去厨房看看是否一切都安然无恙。门锁被撬开，那个盗贼刚进屋便与威廉碰了个正着。"

"威廉在出去之前对他母亲说过什么没有？"

"他母亲年高耳聋，我们从她那里没得到任何线索。这次受到惊吓，她几乎变得半傻。不过，她平时本来就比较迟钝。然而，这里有个非常重要的情况，你看。"

他从笔记本中取出一张撕下的小纸片，摊在他的膝盖上。

"我们发现死者手中紧握这张纸片。这应该是一整张纸上被撕下的一小片。你可以看到，这上面提到的时间，正是这可怜的家伙遇害的时间。你看，要么是凶手从死者手中夺去了其余部分，要么是死者从凶手手中撕下这一角。它读起来像一个与人约会的便条。"

福尔摩斯拿起纸片。上面这样写道:"……十一点四十五分……知道……或许……"

"如果这是一个约会,"警官继续说道,"我们可以相信,尽管威廉·柯万素有忠厚之名,但他实则与盗贼勾结。他可能在那里迎接盗贼,甚至是他协助盗贼入室,只是后来起了内讧。"

"这字体倒是非常有趣,"福尔摩斯仔细地观察了纸片一番后说,"这可比我想象得要复杂得多。"他双手捂头,陷入沉思。警官看到这起案件居然让这位大名鼎鼎的伦敦侦探伤神,不禁笑了。

"你刚才说,"福尔摩斯过了一会儿说,"盗贼和仆人相互串通,这字条是他们的密约,这个推断很独到,并非不可能。但是,纸条上明明写着……"

他又双手捂头,陷入沉思。几分钟后,当他抬起头来时,我惊奇地发现他面容红润,目光有神。他一跃而起,恢复了活力。

"告诉你们,"他说,"我要去了解这个案子的一些细节,有些地方对我非常有吸引力。上校,如果可以的话,我想离开你和华生一会儿,我想和警官走一趟,去验证一两点我的猜测。半小时后,我就回来。"

过了一个半小时,警官独自回来了。

"福尔摩斯先生在外面的地里走来走去,"他说,"他要我们四个人都去那屋子看看。"

"去坎宁安家?"

"是的,先生。"

"去干吗?"

警官耸了耸肩说:"我不太清楚,先生。私下说,我认为福尔摩斯先生还没有完全康复。他举止古怪,表现兴奋。"

"你不必大惊小怪,"我说,"我通常发现,当他表现得疯疯癫癫的时候,其实他已经成竹在胸了。"

"有人认为,他的方法有些疯狂,"警官咕哝着,"但是他还是急着要调查。上校,如果你准备好了,我们还是马上就去。"

我们发现福尔摩斯头低在胸前,双手插在裤袋里,在地上踱来踱去。

"这件事变得越发有趣了，"他说，"华生，你安排的乡村之旅真成功。我度过了一个美妙的早晨。"

"你已经去过了犯罪现场？"上校说。

"是的，我和警官一起勘测了现场。"

"有何收获？"

"我们发现了一些有趣的东西。我们边走边谈。首先，我们检查了那个可怜的家伙的尸体。正如警官所述，他是被左轮手枪击毙的。"

"你对此有怀疑吗？"

"哦，还是对每个细节都做考察为好。我们的功夫没有白费。接下来，我们会见了老坎宁安和他的儿子，他们都能够准确地指出凶手逃跑时翻越篱笆的地点，尽管凶手身手敏捷，这一点非常有意思。"

"当然。"

"然后，我们看望了死者的母亲。她年事已高，身体虚弱，没能给我们提供任何信息。"

"那么，你调查的结论是什么？"

"我确信这是一桩离奇的案件。或许我们目前的访问可以使案情多少明朗一些。警官先生，我想我们都认为死者手中纸片上所写的时间就是他死亡的时间，这一点极为重要。"

"这应该是一个线索，福尔摩斯先生。"

"它的确是一个线索。写这张纸条的人，就是约威廉·柯万在那个时间起床的人。但是，字条的其余部分在哪里呢？"

"我仔细检查了地面，没有任何发现。"警官说。

"它是从死者手中撕走的。为什么有人会如此急切地得到它？因为那是他的罪证。那么，得到后又如何处理？很可能急匆匆地塞进口袋，并没有注意到被撕掉了一角留在死者的手里。如果我们能够找到那张纸条的剩余部分，那么我们就向谜底大大地跨了一步。"

"是的，不过在没有抓到罪犯之前，我们如何到罪犯的口袋里取到它呢？"

"是啊，这值得深思。另外有一点也很明显。这张纸条是写给威廉的。写这张纸条的人不可能亲自交给他。否则他可以亲口告诉他纸条的内容。那么，是谁传递的呢，或许是通过邮局？"

"我讯问过，"警官说，"威廉昨天下午收到一封信，信封被他毁掉了。"

"太好了！"福尔摩斯拍拍警官的背，大声说，"你见到了邮差。和你一起工作，非常高兴。上校，这就是佣人住的那间房，请跟我来，我给你指看犯罪现场。"

我们走过被害者居住的漂亮的小屋，沿着一条两旁挺立着橡树的大道，来到一栋精美的安妮女王时代的古宅前，宅子的门楣上刻着马尔波博罗的日期。福尔摩斯和警官带着我们绕着宅子来到旁门。门外是花园，花园的篱笆外就是大路。厨房门口站着一名警察。

"警官，请打开门，"福尔摩斯说，"亚力克·坎宁安先生就是站在这个楼梯上看到两个人在我们所在的位置搏斗的。而他的父亲，老坎宁安先生就是从左起的第二个窗户看到罪犯从灌木丛左边逃掉的。接着，亚力克追出来，跪在伤者身边。你们看，这里地面非常坚硬，我们找不到任何蛛丝马迹。"

福尔摩斯正说着，两个人绕过屋角，从花园的小径走来。一个年长些，他面容刚毅，神情凝重；另一个是个打扮得亮丽时尚的年轻人，他神情活泼，笑容满面，衣着华丽，与我们正在侦办的案件形成怪异的对比。

"还在调查吗？"他问福尔摩斯，"我想你们伦敦人是不会失败的。但是，好像你要迅速破获该案还是有些困难。"

"啊，你得给我一些时间。"福尔摩斯愉快地回答。

"你肯定需要时间，"亚力克·坎宁安说，"为什么我看不出任何线索？"

"只有一条线索，"警官回答，"如果我们能够找到——天啦！福尔摩斯先生，你怎么了？"

福尔摩斯的面色突然变得非常可怕。他双眼向上翻，脸痛得变了形，随着一声痛苦的呻吟，他面部朝下倒在了地上。他突然发病，又如此严重，把我吓坏了。我们急忙将他抬到厨房，让他躺在一张大椅子上。他吃力地呼吸了一会儿后，终于站了起来，脸上挂满了羞愧和歉意。

"华生会告诉大家我刚刚重病初愈。"福尔摩斯解释，

"这种神经痛很容易发作。"

"是否需要用我的马车送你回去？"老坎宁安问。

"既然我们来了，有一个疑问我想弄明白，而且很容易就能弄清楚。"

"什么疑问？"

"我认为，威廉来到这里，不是在盗贼之前，而是在盗贼之后。看来你们都相信，尽管盗贼弄开了门，但他却没有进来。"

"非常明显，"坎宁安先生严肃地说，"那时，我儿子亚力克还没有睡，如果有人进来，他一定能察觉到。"

"当时他在哪里？"

"我在更衣室抽烟。"

"哪一扇窗户是更衣室的？"

"左边最后一扇，紧靠我父亲卧室那扇。"

"你们房间的灯自然都亮着啰？"

"当然。"

"这里有几个疑点，"福尔摩斯微笑着说，"一个颇有经验的盗贼，很容易根据灯光判断出这家还有两人没睡。但是他却偏偏选择这时闯入，这是不是有些令人费解？"

"他一定是个沉着冷静的老手。"

"当然，要不是这个案件离奇古怪，我们也不会被迫向你请教了，"亚力克先生说，"不过，你说在威廉抓住盗贼以前盗贼就已经在屋子里了，我认为这种推测有点荒唐。因为屋子并没有被搞乱，同时也没有丢失什么东西。"

"关键看是什么东西，"福尔摩斯说，"你一定记得我们是在与这样一个盗贼交手——他不同寻常，有自己的套路。比如，在阿克顿家，大家想想他偷走了些什么：一个线团，一方镇纸，还有一些我说不出的乱七八糟的东西。"

"好吧，一切都拜托了，福尔摩斯先生，"老坎宁安说，"一切听从你和警官吩咐。"

"首先，"福尔摩斯说，"我希望你能够自己出钱悬赏破案，如果要官方出钱，可能会浪费一段时间，这些事情也不可能马上能够办理。我已经起草好了，如果你没有意见的话，请你签个字。五十镑，我想够了。"

"我愿意出五百镑。"治安官接过福尔摩斯递给他的纸和笔说。

"但是，这完全不对。"他看了一遍稿子，补充道。

"写得有些仓促。"

"你开头是这样的：'鉴于星期二凌晨零点三刻发生了一起未遂抢劫案，'……但实际发生时间是十一点三刻。"

非常遗憾看到这样的疏忽，我知道，福尔摩斯对这类疏忽非常敏锐，把事实弄透彻是他的长项。不过最近他为病痛困扰，眼前的错误足以证明他还远远没有恢复。显然，他感到有些窘迫。警官扬扬眉头，亚力克·坎宁安哈哈大笑起来。老绅士则把写错的地方改过来，把纸条递还给福尔摩斯。

"尽快把它印刷出来，"他说，"你的主意很高明。"

福尔摩斯小心翼翼地把纸条夹在他的袖珍笔记本里。

"现在，"他说，"我们最好一起检查一下这栋房子，看看这个古怪的盗贼是否确实没有偷走任何东西。"

在进屋之前，福尔摩斯检查了那扇被弄坏的门。很明显，盗贼是用凿子或者坚固的刀子插进去撬开锁的。现在还能看到利器插入时在木头上留下的痕迹。

"你们不用门闩吗？"他问。

"我们一向觉得没有必要。"

"养狗吗？"

"有，但是被拴在房子的另一边。"

"仆人们什么时候睡觉？"

"大约晚上十点。"

"那么，威廉通常也是那个时间睡觉？"

"是的。"

"这就怪了，偏偏在出事这晚，他却还没有睡觉。老坎宁安先生，麻烦你带我们看一看这栋房子，好吗？"

我们经过厨房边石板铺的走廊，沿着一道木楼梯，来到房子的二楼。正对楼梯平台，是另一条通往前厅的更加华丽的楼梯。从这个楼梯过去是客厅和几间卧室，其中包括老坎宁安先生和他儿子的卧室。福尔摩斯不紧不慢地边走边仔细观察房子的建筑样式。从他的表情可以看出，他正紧追着一条线索，不过具体是什么，我一

点也猜不到。

"我说先生，"老坎宁安先生有些不耐烦地说道，"这完全没有必要。我的房间就在楼梯口，紧挨着就是我儿子的房间。你说，盗贼要是上了楼，我们会察觉不到吗？"

"你应该四处转转，看能否找到其他新线索。"老坎宁安的儿子冷笑着说。

"还得麻烦你们陪我一会儿。我想了解，比如从这间卧室的窗户可以看多远。如果没猜错的话，这间应该是你儿子的房间，"他边说边推开门，"我想那应该是更衣室，当警报响起时，你正在那里抽烟。它的窗户开向哪边？"

福尔摩斯走过卧室，推开门，打量了一番另一个房间。

"现在，你该满足了？"老坎宁安的儿子讥讽地说。

"谢谢，我想看的都看了。"

"那么，如果真有必要，可以到我的房间看看。"

"好吧，如果你不是很介意的话。"

治安官耸耸肩，领着大家进入老坎宁安的房间。室内家具陈设简单，非常普通。当我们走向窗户时，福尔摩斯故意慢腾腾的，我和他落到最后。在床边的桌子上放着一盘桔子和一瓶水。出乎我的意料，当我们经过时，福尔摩斯插到我前面，故意弄翻了桌子，瓶子摔得粉碎，水果滚得到处都是，搞得我瞠目结舌。

"你是怎么搞的，华生，"他镇静地说，"你把地毯弄脏了。"

我慌忙俯下身开始拾水果，我知道他让我承担责任是有原因的。其他人也一边捡水果一边把桌子扶起来。

"咦！"警官叫了起来，"他到哪儿去了？"

福尔摩斯不见了。

"大家在这里等一等，"亚力克·坎宁安说，"我觉得这个家伙大脑有点问题。跟我来，父亲，看看他到底去了哪里。"

他们冲出房间，留下我、警察和上校面面相觑。

"依我看，亚力克的话有道理，"警察说，"可能是他犯病的原因，但是我觉得……"

他的话还没讲完，突然传来一阵尖叫："来人啊！来人啊！杀人啦！"

我听出这是我朋友的叫声，惊出我一身冷汗。我发疯似的从室内冲向楼梯平台。这时，呼叫声低了下来，变得嘶哑含混，是从我们第一次进去的那间屋里传出来的。我冲了进去，直到里面的更衣室。坎宁安父子正把福尔摩斯按倒在地上，儿子双手卡住他的喉咙，父亲正扭住他的一只手腕。我们三人立刻把他们从他身上拉开。福尔摩斯颤颤巍巍地站起来。他脸色苍白，显然他已经筋疲力尽了。

"立即逮捕他们，警官，"福尔摩斯气喘吁吁地说。

"什么罪名？"

"谋杀马车夫威廉·柯万。"

警官疑惑地望着他。

"福尔摩斯先生"，警官终于开口了，"我要确信，你不是真要……"

"咳，伙计，看看他们的脸！"福尔摩斯大声吼道。

的确，我从未见过这么明显的自认有罪的表情。老的那位呆若木鸡，原本刚毅的脸上露出气馁、阴郁的表情；年轻的那位——他的儿子——失去了原有的得意活泼的神情，双眼露出野兽一般的凶光，优雅的气度消失殆尽。警官一言未发，走进房间。他吹响警哨，随后进来两名警察。

"我别无选择，老坎宁安先生，"他说，"我宁愿相信这只是一场荒唐的误会，但是你瞧——哦，你想干吗？把它放下！"他瞬间出手，咔嚓一声，小坎宁安拔出的准备击发的左轮手枪应声掉落在地。

"收起它，"福尔摩斯从容地用脚踩住手枪说，"在审讯时用得着。不过这才是我们最想要的。"

他拿起一张皱巴巴的纸。

"那纸条的余下部分！"警官叫了起来。

"不错。"

"在哪儿找到的？"

"在我预料的地方。现在，我把整个案情给你们讲明白。上校，你和华生可以先回去，我最多一个小时就回去。我和警官还要讯问罪犯几个问题。午餐时我一定会赶回去。"

福尔摩斯很守时，约1小时后，他如约在上校的吸烟室和我们会面了。和他一起到来的还有一位年长的绅士。福尔摩斯介绍，他就是阿克顿先生，最先的盗窃案就发生在他家。

"在向你们介绍案情时，我希望阿克顿先生也听听，"福尔摩斯说，"人之常情，他应该对案件的细节感兴趣。上校先生，非常抱歉，现在你一定很后悔接待像我这样一个不断制造麻烦的人了吧？"

"正好相反，"上校热情地回答，"非常荣幸能够有机会向你学习侦破技艺。我承认，案件的确出乎意料，我不明白你得出的结论，甚至一点线索也看不出来。"

"恐怕我的解释会令大家失望。不过我对我的侦破手段一向不保密，不论是对我的朋友华生，还是其他任何对之特别感兴趣的人。由于在更衣室受到袭击，我感觉有点虚弱，所以我想先喝杯你的白兰地提提神。我已筋疲力尽了。"

"我相信，你不会再受到刺激了。"

福尔摩斯开心地笑了。

"等会儿会谈到的，"他说，"现在，我按顺序把案情给大家讲讲。告诉你们引起我注意并对案情做出判断的几个要点。如果有什么不明白，可以随时提问。

"从众多事实中判断哪些是次要线索哪些是关键线索，这在侦破中至关重要。否则你的精力就会被分散，难以集中。在本案中，从开始我就坚信，死者手中的破纸片是全案的关键。

"在探讨这个问题之前，我提醒大家。如果亚历克·坎宁安所说属实，如果凶手真的在射杀威廉·柯万后立刻逃走，那么他显然不可能再从死者手中撕走纸条。但是，如果不是他的话，那只能是亚历克本人，因为在威廉倒下之前有几个仆人就赶到了。这一点简单明了，可是被警官忽略了。因为他们一开始就相信这些富绅们与本案无关。我抛开偏见，根据事实，紧追疑点，调查伊始我就把怀疑的目光投到了亚历克身上。

"之前我仔细查看了警官交给我们的纸片。非常清楚，这是一张重要的文档。从这里，现在你们能看出什么有价值的线索吗？"

"看上去书写很不规则，"上校说。

"先生，"福尔摩斯大声说，"毫无疑问，这个字条是由两个人轮流书写的。请仔细把'of'和'at'中苍劲有力的't'与'quarter'和'twelve'中柔弱无力的't'做个对比，你们立刻就能得出结论。在对这四个字母的简单分析的基础之上，你可以自信地判断，'learn'和'maybe'出于笔锋苍劲有力者之手，而'what'

则出于笔锋柔弱无力者之手。"

　　"天啦，真是一清二白！"上校惊呼，"究竟为什么要两个人这样来写一封信呢？"

　　"显然，他们要干的是违法的事。其中一个不相信另一个，于是他决定，不论干什么，都得有份。我肯定，这两个人中，写'at'和'to'的那个是主谋。"

　　"你怎么知道？"

　　"我们可以从两个人的笔迹中推断出来，但是我们有更有力的理由。如果你仔细观察纸条，你会发现笔锋苍劲的那个人先写完自己的部分，留下空白让另外一个填写。由于留下的空白有些小，你们可以看出'at'和'to'之间的'quarter'写得很拥挤，这表明'at'和'to'是已经写好了的。显然，那个先把自己要写的字写完的人就是这起案件的策划者。"

　　"太精彩了！"阿克顿先生高呼。

　　"但是，这非常浅显，"福尔摩斯说，"现在，我们转向更重要的一点。你们或许还不知道，专家们可以根据一个人的笔迹比较准确地推断出他的年龄。通常，误差可以控制在十岁以内。之所以说'通常'，是因为生病或体质虚弱可能会使推测的年龄比实际年龄大，即便被推测者是年轻人。在本案中，一个人的笔迹粗壮有力，另一个但明显柔软，但还算清晰，不过't'少了一横。由此，我们可以断定其中一个是年轻人，另一个虽不是很老，但也上了年纪。"

　　"太精彩了！"阿克顿先生再次高呼。

　　"还有一点更为微妙有趣。这两个人的笔迹有相同之处。他们之间应该有血缘关系。对你们来说，最明显的是'Greek'中的字母'e'，但对我来说，很多细微之处都可以证明这一点。我确信，从书写的风格上判断，这两种笔迹出于一家人之手。当然，我告诉你们的只是我对这张纸检查后的主要结论。还有二十三个推论，专家们会比你们更感兴趣。所有这一切使我坚信，这封信出自坎宁安父子之手。

　　"说到这里，下一步自然是分析案件的细节，看看它们对我们有多大帮助。我和警官来到他们的住所，看到当时的现场。从死者的伤口我可以有把握地断定，凶手是在离死者四码左右用左轮手枪射杀的。但死者的衣服上没有留下火药的痕迹。显然，亚历克·坎宁安说开枪时两个正扭在一团是在撒谎。还有，父子二人一致指出了凶手逃向大路的地点。但那里有一条宽沟，底部潮湿，而沟里没有任何人的脚

印。这使我深信，坎宁安父子再次撒了谎，而且现场从来就没有出现过什么来历不明的人。

"现在，我们该思考一下这起离奇的案件的动机。为了搞清楚这一点，我费了很大精力调查最先发生在阿克顿先生家的盗窃案。从上校那里我得知，阿克顿先生和坎宁安一家打了多年官司。当然，我是偶然得知，他们曾闯入你的书房想偷取一些有关那个官司的重要文件。"

"的确如此，"阿克顿先生说，"他们的意图非常明显。我有拥有他们所有财产一半的所有权，但是，如果他们真找到那一纸证据，我肯定就败诉了。幸运的是，我把那张纸放到了我律师的保险箱里。"

"事情就是这样，"福尔摩斯微笑着说，"这是一次危险而鲁莽的行动，我察觉到了小亚历克在这次行动中的痕迹。由于没有找到他们想要的东西，为了掩人耳目，他们随便拿走一些东西，使人觉得这只是一桩普通的盗窃案。这一点很清楚，但是仍然存在不少疑问。首先，我得找到那张消失的纸条。我断定是亚历克从死者手里夺走了纸条，同时几乎可以断定他把它塞进了睡衣衣袋里。除此之外，他还能把它放到哪里呢？问题是它是否还在那里。找到它，费多大的功夫都值。为此，我们去了他们家。"

"你们可能还记得，在厨房门口，坎宁安和我们碰面了。当然，最重要的是不能提及纸条的事，否则他们肯定会马上将它销毁。当警官正要告诉他们我们非常重视纸条这个线索时，我装作晕厥，倒在地上，把话题及时岔开了。"

"天啦！"上校笑着叫了起来，"你说你晕倒是假装的，那我们的同情都白白浪费了？"

"专业地说，干得好极了。"我大声说道，同时用惊异的眼光看着这位经常用精明的侦破手段把我搞得晕头转向的朋友。

"这是一种时常都用得着的技巧，"他说，"当我'苏醒'后，我设了个小小的圈套让老坎宁安写'twelve'这个单词，以便和那张纸上的'twelve'作对比。"

"哎，我真蠢！"我叹息道。

"我能够体会到你对我的身体状况非常担心，"福尔摩斯笑着说，"让你为我担心着急，非常抱歉。接着我们一起上楼，一进屋我就看到了挂在门后的睡袍。我故意弄翻桌子，引开他们的注意力，乘机溜到后面查看他们睡袍的口袋。不出我所料，它就在他们其中一个人的衣袋里。我刚拿到纸条，坎宁安父子就将我按倒了，要不是你们及时赶到，他们肯定会杀了我。就像这样，年轻的那个卡住我的喉咙，而他父亲扭住我的手腕，试图把纸条从我手里夺走。当他们知道我一定已经弄清所有真相时，他们由自认为绝对安全的境况突然陷入绝地，只好铤而走险了。

"我后来和老坎宁安谈了几句，询问他作案的动机。他非常老实，尽管他儿子是个地地道道的恶棍。如果小坎宁安拿到了他的左轮手枪，他会把他自己和别人都打死。当小坎宁安看到大势已去，他失去了心理防线，彻底坦白了罪行。原来，坎宁安父子闯入阿克顿家的那天晚上，威廉悄悄地跟踪了他们。后来，威廉以此为要挟，敲诈他们。不料，小坎宁安这种危险分子很擅长玩这类把戏。他精明地看到震惊全乡的盗窃案为他除掉心头之患提供了绝好机会。威廉就这样被诱杀了。如果他们拿走了完整的纸条，再对其他细节稍加注意，很可能就不会引起怀疑了。"

"那个纸条呢？"我问。

福尔摩斯把那被张撕走的纸条摊在我们面前："如果你能在……到达东门，你将会……令你惊奇同时……对你和安妮·莫里森都非常有利的事。但千万不要告诉任何人。"

"这就是我们想得到的东西，"他说，"当然，我们还不知道亚历克·坎宁安、威廉·柯万以及安妮·莫里森他们之间到底是什么关系。但从结局来看，这个圈套设计得非常巧妙。我相信，当你们从'p'和'g'末尾的笔画中察觉到书写者遗传关系的蛛丝马迹时，你们一定会非常兴奋。年长者所写的'i'没有上面的一点，也很特别。华生，我们的乡村休养之行非常成功，当我回到贝克街时，我肯定会精力充沛。"

（陈才　译）

驼背人

在我结婚数月后的一个夏夜，我坐在壁炉旁吸着最后的一斗烟，对着一本小说频频打盹，因为一天的工作已让我精疲力竭了。我的妻子已经到楼上去了，刚刚前厅大门的锁门声告诉我仆人们也去休息了。于是我从椅子上站起来，正磕着烟斗余灰，突然听到一阵门铃的当啷声。

我看了看表，夜里差一刻十二点，已近凌晨时分。这么晚是不可能有人来访的，一定是病人，而且可能是一个需要整夜护理的病人。我无奈地走到前厅，打开大门。令我惊讶的是夏洛克·福尔摩斯正站在台阶上。

"啊，华生，"福尔摩斯说道，"我希望我这时登门还不算太晚。"

"我亲爱的伙伴，请进来吧。"

"你看上去很吃惊，这也难怪！我想，现在该放松了！哼！你仍然吸着你单身时吸的那种阿卡迪亚混合烟吧！从你外套上蓬松的烟灰看，我这话没错。华生，你很容易让别人看出你习惯于穿军装。除非你改掉在袖中塞手帕的习惯，要不然别人会认为你不是一个纯粹的平民。今晚我能留宿吗？"

"非常欢迎。"

"你告诉我说你有几间专供单身男性住宿的单人间客房，我看现在没人住，你的帽架已说明了一切。"

"如果你能留宿，我将非常高兴。"

"谢谢。我将占用一个空挂钩了。很遗憾，我发现你的屋子里曾来过不列颠工人。他是一个邪恶的象征。我希望，他不是挖水沟的吧？"

"不是，是修煤气的。"

"啊，他在你的铺地油布上留下了两个长筒靴鞋钉印，灯光正照在上面。不，谢谢你，我在滑铁卢吃过晚饭了，但是我想和你一起吸斗烟。"

我把烟斗递给他，他坐在我对面，静静地吸了一会儿。我深知他一定有什么重要的事情在这个时候来拜访我，因此我耐心地等待他开口说话。

"看来你最近医务繁忙啊！"他非常敏锐地看了我一眼说道。

"是呀，我忙了一整天了，"我回答道。

"在你看来，我这样说似乎是非常愚蠢的，"我补充道，"可是我真的不知道你是如何得知的。"

福尔摩斯咯咯地笑了起来。

"我亲爱的华生，我非常了解你的习惯，"福尔摩斯说道，"当你巡回出诊的路途近时你步行，路途远时就乘马车。因为我看你的靴子虽然穿过，但是不脏，便确定你近期很忙，只能乘马车去应付了。"

"妙极了！"我大声说道。

"小菜一碟，"福尔摩斯说道，"一个推理者所得出的结论常常引起别人的注意，这是因为那些人忽略了作为推论基础的某一个细节，我推知你近期很忙不过就是这样的一个例子而已。我亲爱的伙伴，正如你在写这些浮华的随笔时，故意保留一些情节，不给读者透露，产生了异曲同工之妙一样。现在，我正和那些读者一样，因为我手头上已掌握了一些有关一件令人费解的奇案的线索，但还需要一两点证据才能使我的理论变得无懈可击。但是我会找到它们的，华生。我会找到它们！"

福尔摩斯双目炯炯发光，清瘦的双颊上泛起一丝红润。只过了一会儿，当我再看他时，他的脸上又恢复了北美印第安人的那种镇静，这让许多人认为他像一台机器而不像一个人。

"这个案子呈现出一些值得注意的特征，"福尔摩斯说道，"我甚至可以说，是一些异常需要注意的特征。我已经对案情进行了调查，我想，已经看到破案的曙光了。如果你能在这最后关头随我前行，那将是对我莫大的帮助。"

"我愿意效劳。"

"你明天能到遥远的奥尔德肖特去吗？"

"没问题，杰克逊可以替我坐诊。"

"非常好。我想在十一点十分从滑铁卢出发。"

"这我就有时间准备了。"

"那么，如果你不是太困的话，我可以把本案的情况和将要做的事情大概给你描述一下。"

"你来以前我有些睡意，但现在已困倦全无了。"

"我简要地把案情跟你讲讲，但不会省略任何重要的情节。也许你已经读过有关这件事的一些报道了。那就是我正在调查的巴克利上校假定谋杀案，它发生在奥尔德肖特的芒斯特步兵团中。"

"我对此一无所知。"

"这件案子发生在两天前。看来，除了在当地，还没有引起足够的注意。简要情况是这样的：

"如你所知，芒斯特步兵团是不列颠军队中一个最著名的爱尔兰团。它在克

里米亚和印度两次平叛中屡建奇功。而且从那时起，在每次战争中都表现突出。直到这周一晚上，这支军队一直由詹姆斯·巴克利上校指挥。巴克利上校是一个勇敢的老兵，刚开始时只是一个普通士兵，由于在镇压印度叛军中的勇敢表现而得以提升，后来便指挥他曾经所在的这个团了。

"当巴克利上校是一个军士的时候，就已经结婚了，他妻子的娘家姓叫南希·德沃伊，是该团前任上士的女儿。因此，可以想象，这对年轻夫妇（因为当时他们还很年轻）在新环境中，曾经受到过一些小小的排挤。然而，看上去他们很快就适应了新环境。我听说，巴克利夫人在该团女士中很受欢迎，她的丈夫也同兄弟军官保持着良好的人缘。我也许需要补充一点，巴克利夫人美丽绝伦，即使现在，结婚已近三十年了，依然楚楚动人，威严高贵。

"巴克利上校的家庭生活看上去一直是幸福的。我从墨菲少校那里了解到许多情况，他向我保证说从未听说过巴克利夫妇之间有什么误解。总体来说，他认为巴克利上校对他妻子的情爱胜过他妻子对他的情爱。如果他的妻子有一整天不在他的身边，他就焦躁不安。另一方面，尽管她也爱巴克利，也忠实于他，但明显少了些女人的柔情。不过，他们在该团被公认为是一对模范的中年夫妇。从他们的相互关系上，人们绝对看不出有什么东西会引起接下来发生的悲剧。

"巴克利上校本人的性格看上去有些古怪。情绪正常时，他是一个精神抖擞而且生动活泼的老军人；有时他似乎显得相当粗暴，报复心强。但他的这种性格，看来从来没有针对过他的妻子。另外，给墨菲少校留下印象的是，巴克利上校有时显得异常消沉，而且，跟我谈过话的五名军官中有三名也这样认为。正像墨菲少校所说，当巴克利上校在餐桌上和人谈笑风生时，似乎有一只无形的手从他的嘴边抹去脸上的笑容。在遇害前几天，当处在这种消沉状态中时，他就陷入了深深的郁闷之中。这种消沉状态和些许迷信色彩，是他的同事们观察到的他性格当中唯一不同寻常的地方。他的迷信色彩表现在他讨厌独处，尤其是在天黑以后。他大丈夫气质中所表现出的孩子般的幼稚，时常引起人们的评论和猜测。

"芒斯特步兵团（老一一七团）的第一营几年来一直驻扎在奥尔德肖特。那些已婚的军官都住在军营外面。巴克利上校一直住在一座叫'兰静'的别墅中，距北营约半英里，四周有庭院环绕，但是别墅西侧离高速公路最多三十码。他们只雇用了一个车夫和两个女仆，因为巴克利夫妇没有孩子，平时也少有住家的客人，所以

整个别墅就只有上校夫妇和这三个仆人常住。

"现在我们来说说上周一晚上九点到十点间发生在'兰静'别墅里的事吧。

"看来，巴克利夫人是一个罗马天主教徒，她对圣·乔治慈善会非常感兴趣。慈善会是由瓦特街小教堂举办的，目的是给穷人施舍破旧的衣物。那天晚上八点钟，慈善会要举行一次会议。巴克利夫人匆忙用餐后打算去参加会议。在她离家时，车夫听见她对丈夫随便说了几句话，向他保证说一会儿就回来。然后，她去接住在隔壁别墅的年轻的莫里森小姐，两人一起去参加会议。会议持续了四十分钟，九点一刻巴克利夫人回家，当经过莫里森小姐家门时，先将她送到了家。

"在'兰静'别墅里有一间屋子被用作清晨起居室，它朝向公路，一扇大玻璃伸缩门向草坪开着。草坪宽约三十码，一堵上面装有铁栏杆的矮墙将它与公路隔开。巴克利夫人回家时进的就是这间屋子，那时窗帘没有放下，因为这间屋子晚上很少住人。可是巴克利夫人自己点起了灯，然后按了按门铃，吩咐女仆简·斯图尔德给她送一杯茶去，这非常不符合她往常的习惯。巴克利上校一直坐在餐厅等着，但听到妻子已经回来，便到清晨起居室去见她。车夫看到巴克利上校经过门厅走进那间屋子，结果上校就丧命于此了。

"巴克利夫人要的茶用了十分钟才准备好，可当女仆走近门口时却惊奇地听到男女主人正在狂怒地争吵。她敲了敲门，无人应答，又转了转门柄，发现门已从里面锁上了。她很自然地跑去告诉了车夫，然后，两个女仆和车夫来到门厅，听到他们仍在激烈地争吵。他们都统一说，只听到了巴克利和他妻子两个人的声音。巴克利的话声低沉，断断续续，结果他们三个人谁也没听清他说了什么。相反，夫人的声音非常沉痛，当她高声说话时，他们听得很清楚。

"'你这个懦夫！'她一遍遍地重复着，'现在怎么办呢？现在怎么办呢？还我自由吧。我不愿再和你一起生活了！你这个懦夫！你这个懦夫！'

"这就是她的只言片语。突然，男人发出一声可怕的叫喊，夫人戛然停止了大声叫骂，接着传出了一个轰隆倒地的声音和一声撕心裂肺的尖叫。尖叫声不断从里面传出，车夫确信已经发生了悲剧，便冲向房门，想破门而入。然而，他却无法进入。两个女仆已经吓得魂不附体，一点儿也帮不上车夫的忙。不过，他突然产生了一个想法，跑出前门，绕到那块对着法式长窗的草坪上。那长窗的一扇窗户是开着的，他知道在夏季经常是这样，于是他轻松地从窗户爬了进去。这时他的女主人已经停止了尖叫，不省人事地瘫在长沙发上，而那个不幸的军人则直挺挺地倒在血泊中，双脚斜向扶手椅的一侧，头倒在地上，靠近火炉挡板的一角。

"车夫发现自己已无力挽救他的男主人了，自然首先想到把门打开，但一个意料不到而又非同寻常的问题出现了。钥匙不在门的里侧，而且他在屋子里任何地方都找不到。因此，他又从窗户爬出去，找来一个警察和一个医务人员帮忙。这位自然有最大嫌疑的夫人被抬到她自己房中，仍然处于昏迷状态。上校的尸体被安放到沙发上，然后，我们对案发现场进行了仔细的检查。

"这位不幸的老军人所受的伤害，是在他后脑有一处二英寸来长的锯齿状伤口，这显然是被一种钝器猛然一击所致。也不难猜测这是什么凶器。在地板上紧靠尸体的地方，扔着一根奇异的带骨柄的雕花硬棒。上校拥有各式各样的武器，这些都是从他打过仗的不同国家带回来的。警察猜测，这根木棒就是他的战利品之一。仆人们都否认以前见过这根木棒，但是，它若置于室内大量的珍贵物品之中，是很难被别人发现的。警察在这房间里没有发现其他任何重要的线索，除了那把丢失的钥匙令人费解，它既不在巴克利夫人身上，也不在受害人身上，而且在房间的任何地方都没有。最终，是一个从奥尔德肖特来的锁匠把门打开了。

"这就是这件案子的情况，华生。应墨菲少校的请求，我在周二早晨去奥尔德肖特协助警察破案。我想你一定认为这件案子很有趣了，但是，经过观察，我很快意识到，这件案子实际上比最初看上去的要反常得多。

"在检查这间屋子以前，我曾盘问过仆人们，但得到的就是我上面刚刚说过的。不过，女仆简·斯图尔德回忆起了另外一个值得注意的细节。你应该记得，她一听到争吵的声音，就出去找另外两个仆人回来。在第一次她一个人在门口时，男女主人的声音如此低沉，她说她几乎什么也听不到，她是根据他们的语调，而不是他们所说的话来判断他们是在吵架的。不过，在我的追问之下，她想起了她曾听到这位夫人两次说出大卫这个字。这一点对我们分析他们突然争吵的原因是极为重要的。你记得，上校的名字叫詹姆斯。

"在这件案子中，有一件事给仆人和警察都留下了极为深刻的印象，那就是上校的面孔变得扭曲了。按照他们的描述，上校的脸上现出一种极为可怕的惊恐表情，变得不像一个常人的脸了。这种可怕的表情，使好几个人刚一看他就昏晕过去了。这一定是他已经预见到了自己的命运，引起了他极度的恐惧。当然，如果巴克

利上校已经看出他的妻子要谋杀他了，这与警察的推断刚好吻合。他脑后有伤的事实与此也不矛盾，因为他当时也许正转身想避开这一击。巴克利夫人因急性脑炎发作，暂时神志不清，无法从她那里了解情况。

"我从警察那里得知，你记得，那天晚上和巴克利夫人一起出去的莫里森小姐，否认知道她的伙伴回家后大发雷霆的原因。

"华生，搜集到这些事实后，我花了几斗烟的工夫去思考它们，试图分清哪些是较为关键的，哪些只是偶然性的。毋庸置疑，这件案子最具特色且值得思考的是房门钥匙的神秘消失。在室内已经进行了十分细致的寻找，但却一无所获。所以，钥匙一定是被人从屋中拿走了。但上校和他的妻子都没有拿它，因此，显然有他人进过这个房间，而且只能是从窗子进去的。在我看来，对这房间和草坪仔细检查一次也许能发现这个神秘人物的一些印迹。华生，你是知道我的调查方法的，在这个案子中，我几乎使用了所有的方法。如愿以偿，我终于找到了一些蛛丝马迹。房间里曾经来过一个人，他是从大路穿过草坪进来的。我发现了那个人的五个非常清晰的脚印：一个就在路边他翻越矮墙的地方；两个在草坪上；还有两个非常模糊，是他翻窗而入时，在窗子附近那块满是污痕的木板上留下的。他显然是从草坪上跑过去的，因为他的脚尖印比脚跟印深得多。但是，不是这个人令我惊讶，而是他的同伴。"

"他的同伴！"

福尔摩斯从口袋里掏出一大张薄纸，小心地在自己的膝盖上展开。

"你知道这是什么？"他问道。

纸上布满了一种小动物的爪印。它有五个清晰的爪垫，爪指很长，整个爪印有一个点心匙大小。

"这是一条狗。"我说。

"你听说过狗爬窗帘的事吗？我在窗帘上发现了这个动物爬过的、清晰的踪迹。"

"那么，是一只猴子？"

"可这不是猴子的爪印。"

"那么它可能是什么呢？"

"不是狗，不是猫，不是猴子，也不是我们所熟悉的任何动物。我曾尝试从踪迹的尺寸还原这个小动物的形象。这儿有它站着的四个爪印。你看，从前瓜到后爪的距离不少于十五英寸。加上头部和颈部的长度，你就可以得知这动物至少二英尺长，如果有尾巴，那可能还要长些。不过现在再来看看它其他的尺寸。这个动物曾走动过，我们量出了它一步的距离，每一步只有三英寸左右。因此，你可以推知，这动物身体很长，但腿很短。遗憾的是它在现场没有留下任何毛发，但它的大体形状一定是我刚才描述的那样，能爬上窗帘，还是一种食肉动物。"

"你是怎么推断出来的呢？"

"因为一个金丝雀鸟笼挂在窗户上，它爬上窗帘，似乎想要抓到那只鸟。"

"那么，它是什么动物呢？"

"啊，如果我能叫出它的名字，那就向破案迈出了一大步。总的说来，这可能是黄鼠狼或鼬之类的东西，不过它比我曾经见过的任何一个都要大。"

"但它与案件有何关系呢？"

"这一点还不清楚。可是，你可以感觉到，我们对此已掌握了许多。我们知道，有一个人站在路上，看着巴克利夫妇在争吵，因为窗帘没拉上，屋里亮着灯。我们还知道，他带着一只奇怪的动物，穿过草坪，进入屋内，而且，他要么击打了上校，要么是上校一看到他就纯粹被吓到了，头在炉角上撞开了一道口子。最后，我们还掌握了一个奇怪的事实，就是这位闯入者在离开时，随身带走了房门的钥匙。"

"你的这些发现似乎让事情比以前更加模糊了，"我说道。

"不错，这些发现的确表明事情比最初猜想的更加复杂了。我一再地想过这件事，得出的结论是，我必须从另一方面去调查这件案子。不过，华生，我确实影响你休息了，在明天我们去奥尔德肖特的路上，我再告诉你全部情况吧。"

"谢谢你，你已经说到最有趣的地方了。"

"巴克利夫人在七点半离开家时，和她丈夫的关系还很融洽，这一点是非常肯定的。我想我已经说过，她虽然不是十分温柔体贴，可是车夫听到她和上校聊天时还是很和睦的。现在，同样肯定的是，她一回来，就去了那间她不大可能见到她丈夫的房间，就像一个心情激动的女人常有的那样，她吩咐仆人给她备茶。后来，当上校进去见她时，她便开始强烈地责备起上校来。所以说，在七点半到九点钟之间一定发生了什么事，这使她完全改变了对上校的看法。可是莫里森小姐在整个这一个半小时之内始终和巴克利夫人在一起。因此，完全可以肯定，尽管莫里森小姐予以否认，但她一定知道这件事情的内幕。

"最初我猜测，这年轻女人可能和这位老军人有什么关系，而且现在向上校夫人坦白了。这就可以解释为什么上校夫人生气地回了家，也可以解释为什么这位小姐否认曾经发生过的任何事情。这与上面的那些话也不相矛盾。但是巴克利夫人曾经提到大卫，上校对妻子的钟爱是人人皆知的，这些又与此不符，更不用说第三者悲剧式地闯入了。当然，这也许与前面提到的完全脱离关系，这样就很难确定线索。不过，总的来说，我倾向于放弃上校和莫里森小姐之间有任何关系的想法，但是我更加确信这位女士一定知晓是什么让巴克利夫人憎恨她丈夫的线索。因此，我将采用简单的办法，就是去拜访莫里森小姐，向她说明我完全肯定她掌握这些事实，并且使她确信，如果不把这件事澄清，她的朋友巴克利夫人将因负主要责任而受审。

"莫里森小姐是一个瘦弱的年轻人，眼含羞怯，头发金黄，机灵理智。我讲过之后，她坐在那里，沉思了一会，然后转身向我，爽快地讲述了一些重要的事情，我简要地给你讲讲。

"'我曾答应我的朋友绝不说出此事，既然答应了就应一诺千金。'莫里森小姐说道，'可是她面临如此严重的指控，而自己又因病不能开口，如果我确实能够帮助她，那么我想我愿意违背承诺，把周一晚上发生的事全部告诉你。

"'我们大约在晚上九点差一刻从瓦特街慈善会回来。我们回家路上要经过赫德森街，这是一条非常宁静的大道，街道左侧有唯一的一盏路灯。当我们走近这盏路灯时，我看到一个人正向我们迎面走来，这个人背驼得很厉害，肩膀上扛着一个箱子一样的东西。他头向下低，走路时双膝弯曲，身体已变得严重畸形了。当我们从他身旁走过时，在路灯的映照下，他仰起脸来看我们。一看到我们，他停了下来，随即发出一声可怕的尖叫声："天哪，是南希！"巴克利夫人变得脸色苍白。如果不是那个面容可怕的人扶住她，她就跌倒在地了。我打算去叫警察，可是令我惊讶的是，巴克利夫人对这个人说话十分客气。

"'"三十年来，我一直以为你已经死了，亨利。"巴克利夫人颤声说道。

"'"我是死了，"这个人说道。听他说话的声调，令人畏惧。他的脸色阴暗、可怕，他那时的眼神，到现在还常常出现在我的梦中。他的头发和胡子已经灰白，满脸皱纹，就像干枯的苹果。

"'"请你先走几步，亲爱的，"巴克里夫人说道，"我想和这个人说说话，没什么可害怕的。"她努力说得轻松些，但她依旧面色惨白，双唇颤抖得几乎说不出话来。

"'我按照她的要求先走了，他们一起谈了几分钟。后来她沿街回来，气得两眼发火，我看到那个可怜的残废人正站在路灯杆旁，向空中挥舞着紧握的拳头，气得发疯。一路上她一言不发，直到我家门口，她才拉住我的手，求我不要把路上发生的事告诉任何人。

"'"这是我的一个老相识，现在落魄了，"她说道。当我答应她坚守秘密时，她亲了亲我，从那时起我再也没有见到她。我现在已经把全部实情告诉了你，以前我之所以不肯告诉警察，是因为那时我并未意识到我亲爱的朋友所处的危险境地。我知道，现在把一切事情全说出来，只能对她有利。'

"这就是莫里森小姐对我所说的话，华生。你可以想象，这就像黑夜中的一线光明。以前看似毫不相关的每一件事，现在立即呈现出它们的本来面貌。我对这个案件的全部过程，已经隐约地有些眉目了。我下一步显然是要去找那个给巴克利夫人留下如此深刻印象的人。如果他还在奥尔德肖特，这就不是一件非常困难的事。那地方居民并不多，而一个身体畸形的人势必会引人注意的。我花了一天时间去找他，到了傍晚时分，也就是今天傍晚，华生，我找到他了。这个人名叫亨利·伍德，寄宿在那两个女人遇见他的那条街上。他到这个地方刚刚五天。我以登记人员的身份和女房东聊得非常投机。这个人是一个把戏表演者，每天黄昏以后就到各俱乐部去跑一圈，在每个俱乐部都逗逗乐、表演几个节目。他经常随身带着一只小箱子，里面装着一只小动物。女房东看上去似乎很怕这东西，因为她从未见过这样的动物。据女房东说，他经常在把戏中用到这只动物。女房东所能告诉我的就这么多。她还告诉说，那个古怪的人能存活下来就是一个奇迹，有时这个人说一些怪话，而且近两天晚上，她听到他在卧室里呻吟哭泣。他并不缺钱，但他在付押金时，交给女房东的却是一枚残缺的弗罗林币[①]。华生，她给我看了，这是一枚印度

[①]　弗罗林：货币名，英国旧币制中的硬币，值二先令或十分之一镑（现值十便士）。——译注

卢比。

"我亲爱的朋友，现在你可以完全看出我们所处的境况和我来找你的原因了吧。非常明确的是，那两个女人与这个人分手后，他便远远地尾随着她们。当他从窗外看到巴克利夫妇正在争吵时，便闯了进去，随身携带的小木箱中的那个东西也溜了出来。这一切是非常肯定的。他是这个世界上唯一能告诉我们那个房间里所发生事情的人。"

"那么，你打算去问他吗？"

"那当然，不过需要一个见证人在场。"

"你是想让我做见证人吗？"

"假如你愿意的话。如果他把事情交代清楚，那就再好不过了。假如他拒绝澄清，那么我们别无他法，只有提请逮捕他了。"

"可是，你怎么知道我们赶到时他还在那里呢？"

"你可以相信，我已经采取了一些预防措施，我在贝克街雇用了一个孩子暗地里盯着他，无论这个人走到哪里都紧跟着。明天我们会在赫德森街找到他，华生。如果我还影响你上床休息，我就是犯罪了。"

中午时分，当我们赶到案发现场时，在我朋友的带领下，我们立刻赶往赫德森街。尽管福尔摩斯善于隐藏他的感情，但我也能一眼看出，他在竭力压制自己的兴奋。而我自己也觉得好玩和有趣，激动不已，这是我每次跟他在一起调查案件时都会有的体验。

"这就是那条街，"当我们拐进一条两旁都是二层普通砖房的短街时，福尔摩斯说道，"啊，情报员辛普森来了。"

"他正在里面，福尔摩斯先生。"一个矮个儿小孩向我们跑过来，大声喊道。

"很好，辛普森！"福尔摩斯拍了拍那孩子的头说道，"快来，华生，就是这间房子。"

福尔摩斯递进一张名片，说有要事前来拜访。过了一会，我们就和所要拜访的人见面了。

尽管天气已经转暖，这个人却蜷缩在一堆火旁，这间小屋子热得就像一个烘箱。这个人弯腰驼背，在椅子中缩成一团，一定程度上给人一种难以形容的畸形印象。可当他转向我们时，那张脸虽然憔悴，但过去一定是帅气十足的。他那双发黄的眼睛怀疑地看着我们，既不说话也不站立，只指指两把椅子示意我们坐下。

"我想，你就是以前在印度的亨利·伍德吧？"福尔摩斯友好地说，"我们是因巴克利上校之死这件事而顺便来访的。"

"我怎能知道这件事呢？"

"这就是我想要查明的。我想，你知道，除非把这件事搞清楚，要不然你的老朋友巴克利夫人很可能因谋杀罪而受审。"

这个人猛地一惊。

"我不知道你是谁，"他大声喊道，"也不知道你是怎么知道这件事的，但你敢向我发誓你告诉我的是真的吗？"

"当然是真的了，警察等她恢复知觉后就要逮捕她了。"

"我的天啊！你也是警察吗？"

"不是。"

"那么，这件事与你何干呢？"

"伸张正义是每个人的职责。"

"请你相信我，她是无辜的。"

"那么是你有罪？"

"不，我没有。"

"那么，是谁杀害了詹姆斯·巴克利上校呢？"

"天命公道，他难逃一死。不过，请你记住，如果我如愿以偿地把他的脑袋打开了花，让他死在我的手下，他也是罪有应得。假如不是他问心有愧，自己摔死了，我敢发誓，我也很有可能让他的鲜血溅洒我的灵魂。好吧，我知道我为什么应该坦白，因为我没有理由对此事愧疚。

"事情是这样的，先生。你看我现在后背像骆驼，肋骨全歪曲，但在当年，下士亨利·伍德在——七步兵团是一个最潇洒的人。那时我们在印度的一个兵站里，我们管那地方叫布尔蒂。几天前死去的巴克利和我是同一个连的军士，那时团里有一个美女，是陆战队上士的女儿南希·德沃伊。那时有两个男人爱她，而她只爱其中的一个，你们看到现在蜷缩在火堆前的这个可怜的东西，听到那时正因为我长得英俊她才爱我时，你们一定会觉得好笑吧？

"唉，尽管我赢得了她的芳心，但是她父亲把她许配给了巴克利。我那时是个冒失鬼，行事草率，但巴克利是个受过教育的人，已经要提升军官了。可是那女孩对我很忠实，如果不是那时发生了印度叛乱，全国一派混乱的话，我也许可以把她娶回家。

"我们都被困在布尔蒂，我们那个团、半个炮兵连、一个锡克教连，还有许多平民和当地妇女。我们被一万叛军包围了，就像一只鼠笼在一群凶猛的猎狗的包围之中。被围困的第二个星期，我们的饮水就用光了。那时尼尔将军的纵队正向内地进军，问题是我们能否和他们取得联系，而这是我们唯一的出路，因为我们不能指望带领所有的妇女和儿童冲杀出去。于是我便自告奋勇，请求突围出去向尼尔将军求援。我的请求被批准了，就和巴克利中士商量突围的事。那时他最熟悉当地地形，便画了一张路线图给我，以便我穿过叛军防线。那天夜里十点钟，我出发了。那时有一千条生命在等待救援，可是那天夜晚，当我从城墙上跃墙而落的时候，心里只装着一个人。

"我要经过一条干涸的河道，我们本指望它掩护我逃过敌军的哨兵，可是当我匍匐行进到河道拐角处时，正好落入了六个敌军的埋伏之中，他们正在黑暗中蹲着等我。眨眼工夫，我被打晕过去，手足被捆。可是我真正的伤痛是在心里，而不在头上，因为当我醒来时听到了他们的谈话，从我能听懂的话语中我得知，原来是我的伙伴，也就是给我安排了路线的那个人，通过一个土著的仆人把我出卖给敌人了。

"好了，我不需要再唠叨这些了。你们现在已经知道詹姆斯·巴克利的为人了吧？第二天，尼尔将军前来布尔蒂解了围，可是叛军在撤退时把我一起带走了，多年来我再也没见过一个白人。我被严刑拷打，便试图逃走，却又被捉回，再次遭受折磨。你们自己可以看到，他们把我弄成了现在这副模样。那时，他们中一部分人带着我一同逃到尼泊尔，后来又转到大吉岭。那里的山民把带我的那几个叛军杀死了，于是在我逃脱前，我又一度成了他们的奴隶。不过我没有向南逃，而不得不向北逃，一直逃到阿富汗。我在那里游荡了多年，最后回到旁遮普。在那里我多半时间住在土人中间，学会了变戏法，用以维持生活。像我这样一个可怜的跛子，回到英国让我的一些老同事知道我这种情况又有何用呢？虽然我渴望复仇，但我也不愿那样去做。我宁愿南希和我的老伙伴们认为亨利·伍德已经直挺挺地死了，也不愿让他们看到他活着，像一只黑猩猩一样拄着拐杖踉踉而行。他们深信我已经死了，我也不愿他们认为我还活着。我听说巴克利娶了南希，并且在团里步步高升，可是即便如此，我也不愿说出真相。

"但是，人到了古稀之年，思乡之情便油然而生。几年来，我一直梦想着看看英国碧绿的田野和树篱。最终，我决定在临死之前再回到故乡看看。我存够了回乡的路费，来到驻军的地方，因为我了解士兵的生活，知道如何取悦他们，并以此挣钱来养活自己。"

"你的讲述是非常动人的，"福尔摩斯说道，"我已经听说你遇到了巴克利夫人，而且你们彼此都认出来了。没说错的话，后来你尾随她回家去，从窗外看到了她和她丈夫之间的争吵，当时巴克利夫人很可能当面斥责了她丈夫对你的行为。你无法控制自己的感情，就跑过草坪，冲着他们破门而入。"

"正是这样，先生，可是巴克利一看到我，脸色就变了，我以前还从未见过这样的脸色。接着他跌倒在地，头撞到了火炉挡板上。其实他在跌倒以前就已经死了。就像我能清楚地阅读放在壁炉上的书本一样，从他脸上我觉察到他已经死了。他一看见我就像一颗子弹穿过他负罪的心脏，置他于死地。"

"那后来呢？"

"后来南希晕倒了，我赶忙从她手中拿起了门上的钥匙，打算开门求救。可正当我这样做时，我感到赶紧离开对我来说更好，因为这件事看来对我很不利，如果我被抓住，我的秘密定会全部暴露。匆忙之下，我把钥匙塞进自己的衣袋里，丢下拐杖去捕捉已经爬上窗帘的特笛。我把它放回它所溜出的箱子里后，便赶紧逃离了这间屋子。"

"特笛是谁？"福尔摩斯问道。

这个人屈身向前，拉开屋角处一只笼子的门，立刻从那里溜出来一只漂亮的红褐色小动物。它的身子瘦小而柔软，长着鼬鼠似的腿，一个细长的鼻子，一双美丽的红眼睛，我在其他动物身上还从未见过这样美丽的眼睛呢。

"这是一只猫鼬。"我喊道。

"对，有人叫它猫鼬，也有人叫它埃及鼬。"那个人说道，"我把它叫作捕蛇鼬，特笛捕捉眼镜蛇快得惊人。我这里有一条去掉了毒牙的蛇，特笛每晚在军中福利社表演捕蛇，给士兵们取乐。

"还有其他问题吗？先生。"

"好，如果巴克利夫人遭到严重的麻烦，我们也许还来。"

"当然，如果那样的话，我会自己来的。"

"如果不是那样，那也没有必要重提死者过去所做的卑鄙丑事。至少你现在已经完全知道，三十年来，因为这件坏事，他的良心一直因罪恶的行径而受着痛苦的谴责。啊，墨菲少校走到街那边去了。再见，伍德，我想了解一下昨天以来又发生什么事了。"

墨菲少校还没走到拐角处，我们就赶上了他。

"啊，福尔摩斯，"墨菲少校说道，"我想你已经听说这件事完全是庸人自扰了吧？"

"那么，是怎么回事呢？"

"刚刚验完尸体。结果表明，上校的死是由中风引起的。你看，这不过是一件十分简单的案子。"

"啊，再简单不过了，"福尔摩斯笑着说，"走吧，华生，我想奥尔德肖特这里已经不再需要我们了。"

"还有一件事，"我们来到车站时，我说道，"如果她丈夫的名字叫詹姆斯，另一个人叫亨利，巴克利夫人在争吵中为什么提到大卫呢？"

"我亲爱的华生，如果我真是你喜欢描述的那种理想的推理家，那么，从这个词我就应该推想出整个故事。显然它是一种斥责的说法。"

"斥责的说法？"

"是啊，你知道，大卫有一次也像詹姆斯·巴克利中士一样偶然做错了一件事。你记得乌利亚和拔示巴①这个小故事吗？我恐怕对《圣经》有点陌生了。但是你可以在《圣经》的《撒母耳记》第一或第二章中去找，一定能找到这个故事的。"

(孔令会 译)

---

① 大卫、乌利亚和拔示巴：《圣经》中记载，以色列王大卫为了攫取以色列军队中赫梯人将领乌利亚之妻拔示巴为妻，把乌利亚派到前方，乌利亚遇伏被害。——译注

住院的病人

　　我粗略地阅读了那一系列内容略欠连贯的回忆录，想尽力用它们来说明我朋友夏洛克·福尔摩斯先生在精神方面表现出的一些古怪特点，但我很难挑出一些例子来达到我的目的。因为在这些案子中，福尔摩斯表现出一些分析推理的能力，显示出独特调查方法的重要，但那些案件本身微不足道、平淡无奇，我觉得没有理由讲给公众去听。另一方面，他经常参与调查一些引人注目、富有戏剧性的离奇案件，但他在决定案件侦破过程中所起的作用，却又不能满足我——他的传记作者——给他著书的愿望。我曾经在《血字的研究》中记述过一件小小的案子，后来又有一个关于"哥洛里亚斯科特号"帆船失事案，这些都是令历史学家永远感到如锡拉岩礁与克里布地斯旋涡^①般惊险的例子。在我将要讲述的这件案子中，虽然我的朋友所起的作用不是十分重要，但整个案件不同寻常，我实在不能遗漏不记。

　　那是十月里的一天，天气闷热，阴雨连连。我们的窗帘拉下了一半，福尔摩斯蜷卧在沙发上，把早晨收到的一封信读了又读。对我来说，在印度服过兵役的那段时间使我养成了怕冷喜热的习惯，因此华氏九十度的高温对我来说也能忍受。不过报纸实在枯燥乏味。议会已经休会。人们都离开了城市，我渴望到新森林中的空地或南海铺满卵石的海滩走一走。但因我经济拮据，所以推迟了假期。至于我的伙

---

　　①　锡拉岩礁与克里布地斯旋涡：意大利墨西拿海峡上相距很近的岩礁与旋涡，此处比喻惊险。——译注

伴，无论是乡村还是海滨，都很难引起他的兴趣。他喜欢住在五百万人口的正中心，眼观六路，耳听八方，对每一个悬而未决的小小传闻或猜疑都做出反应。他缺乏欣赏大自然的天赋，唯一的改变是，当他的思绪从城镇的那些造孽者身上转移开时，去看望他在乡下的哥哥。

我发现福尔摩斯对谈话全神贯注，便把那枯燥乏味的报纸扔到一旁，背靠椅子，陷入了沉思。忽然我的伙伴打断了我的思绪。

"你是对的，华生，"福尔摩斯说道，"看上去那的确是种解决争端的荒谬方法。"

"太荒谬了！"我大声喊道，尔后突然想到，他怎么能知道出我内心深处的想法呢？我直坐了起来，惊愕地注视着他。

"这是怎么回事？"我喊道，"福尔摩斯，这太超乎我的想象了。"

看着我困惑不解的样子，福尔摩斯尽情大笑起来。

"你记得，"他说道，"前不久，我给你读过一节爱伦·坡的短篇故事，在那

节故事里，一个严密的推理者能够察觉出他的伙伴未讲明的思想，你当时认为这件事纯属作者巧妙的虚构。当我说我也经常习惯这样做时，你表示怀疑。"

"哦，没有啊！"

"也许你没有说出口，我亲爱的华生，但表现在你的眉宇之间。因此，当看见你扔下报纸，开始一连串联想的时候，我很高兴有机会解读你的思想，最终打断你的思绪，以证明你我关系密切，思想相通。"

可是，我仍然不十分满意。

"在你给我读的故事中，"我说道，"那个推理者是通过他所观察的那个人的动作而得出结论的。如果我没有记错的话，那个人绊倒在一堆石头上，抬头看了看星星，等等。但是我静静地坐在椅子上，能给你提供什么线索呢？"

"你错了。人的五官是表达情感的工具，你的五官就是忠实的仆役。"

"你是想说，从我的五官上你可以看出我一系列的思想？"

"是的，尤其是你的眼睛。或许你自己已回忆不起是怎样陷入沉思的了。"

"是啊，我记不得了。"

"那么，我来告诉你。你扔报纸的动作引起了我的注意。之后，你面无表情地坐了半分钟的时间。然后你盯着那张新配上相框的戈登将军画像，从你面部表情的改变我看出你产生了一系列的思想。但是你想得并不很远。接着你的目光又转向放在图书顶部的那张没装相框的亨利·沃德·比彻的画像。然后，你又抬头扫视了四壁，当然你的意思是很明显的。你是在想，如果这张画像也装上相框，正好可以挂在这墙上的空处，和那张戈登画像并列在一起了。"

"你真了解我的思想！"我惊叫道。

"至今我还没出过错呢。现在你的思想又回到了比彻身上，你仔细地打量着，好像通过他的面貌来研究他的性格。然后你眯上了眼睛，可是继续打量着，脸上表现出深思的样子，你正在回忆比彻一生所经历的事件。我非常清楚，此时你一定在想他在内战的时候代表北方所承担的使命，因为我记得你曾经对那些动乱分子给他造成的不幸表示强烈的愤慨。你对这件事的感受如此强烈，我知道你想到比彻时不能不想到这些。过了一会，我看到你的视线从画像上移开了，我猜测你的思想转到了内战上。当我观察到你双唇紧闭，双目发亮，两手紧握时，我确信你正在想在这场令人震惊的战争中双方所表现出的英勇气概。可是接下来，你的脸色变得更加暗淡，你摇了摇头。你是在想战争的悲惨、可怕以及生灵涂炭。你的一只手无意中摸到你自己的旧伤疤上，双唇上泛出一丝微笑，这让我知道你当时在想，这种解决国际问题的方法实在荒谬可笑。在这一点上，我同意你的看法，这是非常荒谬的，并且我很高兴确认，我这一切推论都是正确的。"

"完全正确！"我说，"既然你已经解释了，我承认我跟以前一样感到惊讶。"

"我亲爱的华生，我向你保证，这不过是表面的。如果不是那天你表示某些怀疑的话，我是不会扰乱你的注意力的。不过，今夜和风轻拂，我们一起到伦敦街上散散步怎样？"

我已厌倦了我们这间小小的起居室，便愉快地答应了。我们一起在舰队街和河滨闲逛了三个小时，观赏着千变万化、潮起潮落的人生万象。福尔摩斯独特的讨论、对细节敏锐的观察力和精妙的推理能力，引人入胜，使我兴趣勃发。当我们返回贝克街时，已经晚上十点钟了。一辆四轮马车在门前正等着我们。

"哼！我看，这是一辆普通医生的马车，"福尔摩斯说道，"从业不久，但业务繁忙。我想，他是有事来咨询我们的。幸好我们回来了！"

我熟知福尔摩斯的调查方法，能够跟随他的推理，知道他是根据车内灯下柳条篮子里面各种各样的医疗器械以及它们的种类和状况做出迅速判断的。我们窗户上的灯光说明，这位夜访者的确是来找我们的。我心怀好奇，是什么事让一位同行这么晚来找我们呢？我紧跟福尔摩斯走进我们的寓所。

当我们进来时，一个脸色苍白、面孔消瘦、长着黄棕色络腮胡子的人，从壁炉旁边的椅子上站起来。这人约莫三十三四岁，形容枯槁，气色欠佳，说明生活已牺牲了他的青春，耗尽了他的精力，他的举止紧张而羞怯，像一位敏感的绅士那样，而当他站起来时，扶在壁炉台上的那只细瘦白皙的手不像是一个外科大夫的，而像是一个艺术家的手。他的穿着素净暗淡——黑礼服大衣，深色裤子和一条带些许颜色的领带。

"晚安，医生，"福尔摩斯爽快地说，"我很高兴知道你仅仅等了我们几分钟。"

"那你见过我的车夫了？"

"没有，是放在旁边那张桌子上的蜡烛告诉我的。请坐，请告诉我，我能为你做点什么呢？"

"我是珀西·特里维廉医生，"我们的来访者说道，"住在布鲁克街四〇三号。"

"你不是《原因不明的神经损伤》那部专著的作者吗？"我问道。

当听到我知道他的著作，他苍白的双颊因高兴而泛出红晕。

"我很少听到有人谈起这部专著，以为它早被别人遗忘了，"来访者说道，"这本书销路不广，没卖出几本，我想你也是一位医生吧？"

"我是一个退役的外科军医。"

"我对神经病学很感兴趣。我很希望它能变成我的专长，不过，一个人不能好高骛远，得从基础工作干起。可是，这些都是题外话了。福尔摩斯先生，我知道你的时间是非常宝贵的。事实是，在布鲁克街我的寓所里，最近接连发生了一些非常奇怪的事情。今晚，这些事情已经登峰造极，我感到迫不及待，需要听听你的意见，获得你的帮助。"

福尔摩斯坐下来，点起了烟斗。

"你要我出出主意、帮帮忙，我非常乐意。"福尔摩斯说道，"请把那些让你感到不安的事情原原本本、详详细细地讲给我听听。"

"其中有一两点是不重要的，"特里维廉说道，"提到这些，我实在感到羞愧。但是这件事是如此扑朔迷离，近来又变得更加复杂，我只好把一切都讲给你听，请你权衡轻重。

"首先，我不得不说说我上大学时的一些事情。我曾是伦敦大学的一个学生，我相信，如果我告诉你们，我的老师们认为我是一个很有出息的学生，你们不会认为我是在盛赞自我吧？毕业之后，我在皇家学院附属医院谋了一份不起眼的工作，继续我的研究工作。很幸运的是，我对强直性昏厥病理的研究引起了人们极大的兴趣，我写了一部你的朋友刚才略为提及的关于神经损伤的专著，结果获得了布鲁斯·平克顿奖金和奖章。如果我说那时人们都普遍认为我目标远大、前程光明，这也不算夸张。

"可是我最大的障碍就是缺钱。你很清楚，一个志存高远的专家只有在卡文迪什广场区十二条大街中的任一条街上开店营业才能出名，这就需要巨额的房租和设备费用。除了这笔起步费用外，他还必须准备能维持自己几年生活的钱款，还得租一辆像样的马车和马。具备这些条件已经在我的能力之外了，我只能期望在未来十年内依靠节约攒够钱，才能挂牌行医。然而，突然一件意料不到的事情给我打开了一个全新的前景。

"这就是一位名叫布莱星顿的绅士的来访，他和我素不相识。一天早晨他突然来到我家里，直截了当地切入了正题。

"'你就是那位工作成绩突出，最近获得大奖的珀西·特里维廉先生吗？'他说道。

"我点头示意。

"'请坦率地回答我的问题，'他继续说道，'你会发现这样做是对你有好处的。你才华横溢，这是你取得成功的关键。你明白吗？'

"听到这样突如其来的问题，我禁不住笑了起来。

"'我相信我会努力的，'我说道。

"'你有任何不良习惯吗？不酗酒吗？'

"'没有，先生！'我大声说道。

"'很好！这很好！不过我还得问问，你既然有这些本事，为什么不开个诊所呢？'

"我耸了耸肩。

"'是啊，是啊！'他赶忙说道，'这是老生常谈了。虽然你才华横溢，但囊中羞涩，对不对？如果我帮你在布鲁克街开业，你有何想法？'

"我惊异万分，两眼直盯着他看。

"'哦，这是为了我自己的利益，并不是为了你，'他大声说道，'我对你绝对真诚，如果这对你合适，那对我就更加合适了。我有几千英镑准备投资，你看得出，我想把这些钱投资给你。'

"'那为什么呢？'我追问道。

"'啊，这就像其他任何投机买卖一样，不过风险小些。'

"'那么，我将做些什么呢？'

"'我会告诉你的。我要为你租赁房子，购置家具，雇用女仆，管理一切。你要做的只是坐在诊察室里看病。我给你零用钱，提供所需的一切。然后，你把你所赚钱的四分之三给我，其余的四分之一你自己留着。'

"福尔摩斯先生，这就是那个叫布莱星顿的人找我商量的奇怪的建议。我不再叙述我们怎样协商、成交的事，以免使你厌烦。最终，我在次年圣母领报节①那天搬进了这个寓所，并按他所提出的条件开始营业。他自己也同我住在一起，做一个住院的病人。看上去，他的心脏衰弱，需要不断的医学护理。他自己将二楼两间最好的房子分别用作起居室和卧室。他脾气古怪，不善交往，很少外出。他的生活缺乏规律，但在某一方面却极有规律，那就是在每天晚上的同一时刻，他都步行到我的诊察室来检查账目，我挣的每一基尼②自己只留下五先令三便士，其余的他全部拿走，放到自己屋内的保险箱里。

① 圣母领报节：报喜天使加百列将耶稣降生告知圣母玛利亚的节日，每年三月二十五日。——译注

② 是英国第一代由机器生产的货币，于1633年开始流通。但后来随着黄金价格上涨，到1733年左右，基尼的货币价值已超出了其本有的面值数倍，逐渐成为珍藏性货币，失去了其现金功能，不宜继续流通。1816年，英国进行货币改革，确立了英镑为新的流通货币，基尼正式退出了面值交易平台。

"我可以蛮有把握地说，他决不会对这个投机买卖感到后悔。开业伊始，生意就做得很好。我成功地医治了几个病例，加之我在附属医院赢得的名望，很快使我成了这一领域的专家，近几年来我使他变成了一个富翁。

"福尔摩斯先生，关于我的历史以及和布莱星顿先生的关系，就说这些吧。现在还有一件事要告诉你，那就是什么让我今夜来访。

"几周以前，布莱星顿先生下楼来找我，看上去他的心情异常激动。他讲到在西区发生了几起盗窃案，我记得，他当时显得十分激动，心神不宁，并强调我们要立即加固门窗，一天也不得耽误。在这一星期里，他坐立不安，不停地向窗外凝视，就连午餐前已习以为常的短暂的散步也停止了。从他的一举一动，我感到他对什么事或什么人怕得要死。可是当我向他问起此事时，他立刻变得粗暴无礼，我也就不再提及这事了。随着时间的流逝，他的恐惧似乎慢慢消失了，恢复了先前的习惯。可是新近发生的一件事情，又让他处于意志消沉的可怜状态。

"事情是这样的：两天以前，我收到一封信，信上既无地址也无日期，现在我来读给你听——

"'一位侨居在英国的俄罗斯贵族很高兴到珀西·特里维廉医生处就诊。几年来他一直遭受强直性昏厥病的折磨，众所周知，特里维廉医生是强直性昏厥病方面的权威。他打算明晚六点一刻左右专程前往就诊，如果特里维廉医生方便，请在家等候。'

"我对这封信深感兴趣，因为强直性昏厥病研究的主要困难在于这种疾病的不常见。你可以相信，当小听差在约定的时间将病人领进时，我正在诊察室等候。

"他是一位老人，身材瘦小，佯装羞涩，平凡无常——绝不像人们想象中的俄罗斯贵族。他同伴的相貌给我留下了深刻的印象。这是一个年轻人，身材高大，相貌英俊，肤色黝黑，面相凶恶，有着如赫拉克勒斯[①]般强健的四肢和胸膛。当他们进来时，年轻人挽着老人的一只胳膊，扶着老人在椅子上坐下，照顾得体贴入微；可是，从他的相貌来看，他应该是不会这样做的。

"'医生，请原谅我冒昧进来，'他用英语对我说道，有点口齿不清，'这是我父亲，他的健康是我的头等大事。'

[①] 赫拉克勒斯：希腊神话中主神宙斯之子，力大无比。——译注

"我被他的孝心打动了。'在诊察时，你愿意待在这里吗？'我问道。

"'不行，'他大声说道，惊恐不已。'我受不了这种痛苦。如果我看到我父亲疾病发作时那可怕的样子，我会忍受不了的。我自己对此非常敏感。你若允许，我在候诊室等候吧。'

"当然，我同意了。接着，年轻人便离开了。我和病人开始讨论他的病情，我把它仔细地记了下来。他智力平平，回答问题常含糊其辞，我把这些归因于他不太熟知我们的语言。然而，正当我坐着写病历的时候，他突然中断回答我所有的询问，当我转身过去时，我惊讶地发现他直挺挺地坐在椅子上，面无表情，肌肉僵直，目光呆滞。他的怪病又发作了。

"正如我刚才所说，我的第一感觉是既同情又恐惧。后来，还是职业意识占了上风。我记下了病人的脉搏和体温，测试了他肌肉的僵直程度，检查了他的反应能力，这些都无异常之处，与先前病例基本一致。在以往这样的病例中，我常使用烷基亚硝酸吸入剂，并且取得了良好的疗效。现在看来正是试验它疗效的绝好机会。这个药瓶放在我楼下的实验室里，于是，我丢下坐在椅子上的病人，跑下楼去取药。找药耽误了大约五分钟的时间，然后我就回来了，可发现室内空无一人，病人已不知去向，你可以想象我当时是多么惊讶啊。

"当然，我首先跑到候诊室，发现他儿子也离去了。大厅的门已经关上，可是没有上锁。我那个接待病人的小听差是一个新来的伙计，反应有些迟钝。他平时在楼下候着，等我在诊室按铃时，他才跑进来把病人领出去。他一样什么也没听到，于是这件事就成为一个谜团了。不多久，出去散步的布莱星顿先生回来了，我没有把这件事告诉他，因为，老实说，近来我尽量少跟他说话。

"好吧，我想我再也见不到这个俄罗斯绅士和他儿子了，所以，你们可以想象，在今晚同一时候，他们又像昨天那样来到我的诊察室时，我是多么惊讶啊。

"'医生，昨天我不辞而别，觉得非常抱歉。'我的病人说道。

"'说实话，我对此感到非常惊讶。'我说道。

"'啊，情况是这样的，'他说，'每当我发病后恢复过来，对犯病时发生的事情总是非常模糊的，什么也记不起来。昨天，当我醒来时，发现你不在，自己待在一间陌生的房子里，于是便昏头昏脑地起身走到街上去了。'

"'我，'他儿子说道，'看到我父亲从候诊室门前走过，自然想到诊察已经

结束。直到回家之后，我才弄清事情的真相。'

"'好了，'我笑着说，'你们除了让我感到非常迷惑之外，也没造成别的影响。所以，先生，如果你愿意到诊察室去的话，我很高兴继续进行昨天突然中断的诊治。'

"我大约用了半个小时和那位老绅士讨论他的病情，然后给他开了处方，看着那个年轻人搀扶着他离开了。

"我之前已经告诉过你们，布莱星顿先生通常是选择这个时间出去散步的。不久，他散步回来了，走上楼去。过了一会，我听到他跑下楼来，像一个吓得发疯的人一样，冲进我的诊察室。

"'谁到我的屋子里去了？'他嚷道。

"'没人去过啊。'我说道。

"'撒谎！'他怒吼道，'你上来看看！'

"我没在意他当时的粗鲁，因为他害怕得几乎要发疯了。当我和他一起上楼时，他指着浅色地毯上的几个脚印给我看。

"'你说这是我的脚印吗？'他叫喊道。

"这些脚印确实比他的要大得多，而且痕迹清晰，显然留下不久。你们知道，今天傍晚，大雨倾盆，我唯一的病人就是那来就诊的父子俩。那么，一定是在候诊室的那个年轻人，趁我在忙于给那位老人诊断时，上楼进了我那位住院病人的房间。他没有动也没有拿走什么东西，不过这些脚印证明，有人闯入房间是不容怀疑的事实。

"尽管这件事扰乱人心，但是布莱星顿先生看上去比我预想得更加激动。他居然坐在一把扶手椅上大声叫喊，几乎连话都说不清楚了。他建议我来找你，当然，我立刻感到这样做是恰当的。因为尽管他似乎完全高估了这件事情的重要性，但这的确是一件奇怪的事情。倘若你乘我的马车与我一同回去，虽然我不指望你解释清楚这件怪事，但你至少能让他平静下来。"

福尔摩斯专心地听着这段冗长的叙述，我看出，这件事引起了他强烈的兴趣。他像往常一样面无表情，可是眼睑低垂得更加厉害，从他烟斗中吐出的烟雾，袅袅上升，越来越浓，似乎在渲染这位医生所讲故事中的每一个离奇的情节。当我们来访者刚一落话，福尔摩斯就站立起来，把我的帽子递给我，从桌上抓起他自己的帽子，跟随特里维廉医生向门口走去。大约一刻钟，我们便来到布鲁克街这位医生寓所的门前了，寓所处于那些昏暗无光、平凡无奇的房屋之中，人们常将此与伦敦西区的那些事儿联系起来。一个小听差领着我们进去，我们径直走上宽宽的、铺着精美地毯的楼梯。

　　突然，楼顶的灯光熄灭了，这使我们停了下来。听见黑暗中传来一个尖细而颤抖的声音："我有手枪，我警告你们，如果谁敢靠近我，我就开枪。"

　　"这实在太蛮横无理了，布莱星顿先生。"特里维廉医生高声喊道。

　　"啊，原来是你，医生，"这人松了一口气，"可是其他几位是什么人？"

　　我们意识到他已在暗中对我们进行了监视了。

　　"好了，好了，现在没事了，"那声音终于说道，"你们可以上来了，如果我的防备冒犯了你们的话，我很抱歉。"

　　他一边说着一边把楼梯上的汽灯又点着了，我们看到面前站着一个长相奇特的人，他的外表和说话的声音表明他神经的确过度紧张。他很胖，可是显然过去有一

段时间比现在还要胖得多，所以他的脸如同猎犬的双颊一般，皮肤全都松弛地耷拉着。他脸色苍白，稀疏的沙土色头发似乎由于情绪紧张而根根直立着。他手中拿着一支手枪，我们向上走时，他把手枪塞进了上衣口袋。

"晚上好，福尔摩斯先生，"他说道，"你的到来让我感激不尽。我非常需要你的指教。我想特里维廉医生已经把有人私闯我房间的事告诉你了。"

"是的，"福尔摩斯说道，"那两个是谁？布莱星顿先生，他们为什么要有意骚扰你呢？"

"唉，唉，"那位住院病人忐忑不安地说道，"当然，这很难开口。福尔摩斯先生，你也不能指望我回答这样的问题。"

"你是说你不知道吗？"

"如果你乐意，请到这里来。请赏脸进来一下。"

他把我们领进他卧室里。房间宽敞明亮，家具摆放得井然有序。

"你们看看这个，"他指着他床头那只大黑箱子说道，"我并不是一个很富有的人，福尔摩斯先生，特里维廉医生可能已经告诉你了，我这一生只投了这一次资。可是我不信任银行家，我从不信任银行家，福尔摩斯先生。请你为我保密，我所有的那点钱都在这只箱子里，所以你可以理解，当那些不速之客闯入我的房间，那将对我意味着什么。"

福尔摩斯疑惑地看着布莱星顿，摇了摇头。

"假如你想欺骗我，我是不可能帮你出主意的。"福尔摩斯说道。

"可是，我把一切都告诉你了。"

福尔摩斯无奈地挥了挥手，转身说道："晚安，特里维廉医生。"

"你真不帮我出主意了吗？"布莱星顿大声叫道。

"先生，我对你的建议是请讲真话。"

一分钟以后，我们已经来到街上，正步行回家。我们穿过牛津街，走到哈利街半道时，我的伙伴开始发话了。

"我很抱歉因为这样一个蠢货的事让你白跑一趟，华生，"福尔摩斯终于说道，"可是归根结底，这也是一个很有趣的案子。"

"可我一点儿也不明白，"我坦言道。

"哦，显而易见，那儿有两个人，或许还要多一些，不过至少是两个，出于某种原因，决心要接近布莱星顿这个家伙。我可以肯定，那个年轻人两次都闯入了布莱星顿的房间，而他的同伙则用了一种巧妙的诡计，阻止了医生的干扰。"

"可是那强直性昏厥病是怎么回事呢？"

"那是骗人的，华生，在这方面，我不敢在专家面前指指点点，但是装这种病是很容易的。我自己曾经也装过。"

"那后来呢？"

"碰巧布莱星顿两次都不在家。他们选择这样一种特定的时刻来看病，显然是因为确信候诊室里没有别的病人。然而，这个时间恰好与布莱星顿散步的时间一致，这似乎表明他们不太了解布莱星顿的日常生活惯例。当然，如果只是为了偷盗，他们至少会设法搜寻财物。除此以外，从布莱星顿的眼神里我可以看得出他已经被吓得魂不守舍了。难以想象这个家伙结下了这样两个仇敌，还假装不知道。因此，我可以确定，他知道这两个人是谁，而由于自身的缘故，他隐瞒不说。他很可能明天就会主动找我们诉说真相了。"

"难道没有其他的可能吗？"我说道，"尽管不大可能，但还是可以想象的。也许是特里维廉医生自己居心不良，偷偷进了布莱星顿的房间，而编造出这个患强直性昏厥病的俄罗斯绅士和他的儿子的全部故事呢？"

我在汽灯光下看到我这奇异的想法引起了福尔摩斯的哂笑。

"我亲爱的伙伴，"福尔摩斯说道，"这也是我最初的想法之一，不过我很快就证实了医生所讲的故事。那个年轻人在楼梯地毯上留下了脚印，这样我就没有必要再去看他留在室内的那些脚印了。当我告诉你，他的鞋是方头的，而布莱星顿的鞋是尖头的，又比医生的鞋长一英寸三，你就会肯定是另有其人了。不过我们还是把它留到明天解决吧，因为如果明天早晨我们不能进一步听到来自布鲁克街的新消息，那才叫怪呢。"

福尔摩斯的预言很快就戏剧性地实现了。第二天早晨七点半，微曦初露，福尔摩斯穿着晨袍站在我的床旁。

"外面有一辆马车等着我们，华生。"福尔摩斯说道。

"那是怎么回事？"

"是布鲁克街的事。"

"有什么新消息吗？"

"悲剧，但还不一定，"福尔摩斯一边说着一边拉起窗帘，"请看这个，一张从笔记本上撕下的纸条，上面用铅笔潦草地写着：'请看在上帝的面上，立即前来。珀西·特里维廉。'我们的朋友，也就是那位医生，写这张便条时一定十分为难。跟我走，我亲爱的伙伴，因为情况很紧急。"

大约过了一刻钟，我们又来到这位医生的寓所。他面色惊恐，跑出来迎接我们。

"唉，竟出了这样的事情！"他双手捂住太阳穴，大声喊道。

"出了什么事？"

"布莱星顿已经自杀了！"

福尔摩斯吹了一声口哨。

"是的，他昨晚上吊自杀了。"

我们走进去，医生把我们引进了那间明显是候诊室的房间。

"我真不知道现在该做些什么，"他大声说道，"警察正在楼上呢。我简直吓得快死了。"

"你是什么时候发现的？"

"他每天一大早都要人给他送去一杯茶。大约七点钟，女仆走进去时，这个不幸的人正吊在房屋中央。他把一根绳子挂在过去常挂那盏笨重的煤气灯的钩子上，然后他就从昨天让我们看的那个箱盖上移开双脚吊死了。"

福尔摩斯站着沉思了片刻。

"如果你允许的话，"福尔摩斯终于说道，"我想上楼去调查一下。"

接着，我们两个人便往楼上走去，医生跟在后面。

当我们走进卧室门时，映入眼帘的是一幅可怕的景象。我曾经说过布莱星顿肌肉松弛的样子。当他悬挂在钩子上时，这种样子愈发明显，他看上去简直不像一个人了。他的脖子拉长了，像一只拔了毛的鸡脖子，相形之下，他身体的其余部位似乎更加肥大和失调。他只穿着一件长睡衣，肿胀的脚踝和难看的双脚直挺挺地从睡衣下伸了出来。

尸体旁边站着一位精干的警长，正在笔记本上作着记录。

"啊，福尔摩斯先生，"我的朋友一进来，警长便亲切地说道，"很高兴见到你。"

　　"早安，兰诺尔，"福尔摩斯答道，"我相信，你不会认为我是私闯民宅的人吧？你听说了导致此案发生的一系列事件了吗？"

　　"是，我听说了一些。"

　　"你有何看法？"

　　"在我看来，这个人已吓得魂不附体了。你看，他在这张床上睡了好一阵子，有很深的压痕。你知道，自杀常发生在早晨五点钟左右，这大约也就是他上吊的时间了。看来，这是一件早有预谋的事情。"

　　"从肌肉僵硬的情况看，我判断他已经死了大约三个小时了。"我说道。

　　"你注意到屋子里有什么异常现象吗？"福尔摩斯问道。

　　"在洗手池上发现了一把螺丝起子和一些螺丝钉。还发现他夜里似乎抽了不少烟。这是我从壁炉上拣来的四个雪茄烟头。"

　　"哈！"福尔摩斯说道，"你找到他的雪茄烟嘴了吗？"

　　"没有，我没有看到。"

　　"那么，他的烟盒呢？"

　　"有，在他的外衣口袋里。"

　　福尔摩斯打开烟盒，闻了闻里面的一支雪茄烟。

　　"啊，这是一支哈瓦那烟，而壁炉台上的这些是荷兰从它的东印度殖民地进口的一种特殊品种。你知道，这些雪茄通常都包着稻草，并且比别的牌子的都细。"他拿起那四个烟头，用他口袋里的放大镜一一进行了检查。

　　"其中两支烟是用烟嘴吸的，另外两支不是，"福尔摩斯说道，"有两个烟头是用一把钝刀切下来的，而另两个烟头是用利牙咬下来的。这不是自杀，兰诺尔先生，这是一起精心策划的残酷的谋杀案。"

　　"不可能！"警长大声喊道。

　　"为什么？"

　　"为什么一个人要用吊死这样一种笨拙的办法来谋杀另一个人呢？"

　　"这就是我们必须搞清楚的。"

　　"他们是怎么进来的呢？"

　　"从前门。"

　　"可早晨前门是上了门闩的。"

"门是在他们离开后闩上的。"

"为什么这样说？"

"我看到了他们留下的痕迹。请稍等一下，我也许能进一步给你们提供一些它的情况。"

福尔摩斯走到门边，转了转门锁，认真地把门锁检查了一番。然后他把插在门背后的钥匙取了出来，对它也作了检查。尔后又对床铺、地毯、椅子、壁炉台、死尸和绳索依次进行了检查。直到他表示对案件已心中有数了，才在我和警长的帮助下割断绳子，把那可怜的死者放在一块被单下。

"这条绳子是哪儿来的？"他问道。

"是从这上面割下来的，"特里维廉医生从床底下拉出一大卷绳子，说道，"他非常害怕火灾，身边总保存着这东西，以便在楼梯起火时可以从窗户逃出去。"

"这东西倒给凶手们省去了很多麻烦，"福尔摩斯若有所思地说道，"不错，事实是非常清楚的，如果到下午我还不能告诉你发案的原因，那就奇怪了。我要带走壁炉台上这张布莱星顿的照片，这在我的调查中是有用的。"

"可是你什么也没告诉我们！"医生叫道。

"啊，事情发生的前后经过是毫无疑问的，"福尔摩斯说道，"这里面有三个人：一个年轻人，一个老人，还有一个我不能确定其身份。前两个人，不用说就是假装俄罗斯贵族以及他儿子的人，所以我们能够全面而准确地描述他们。他们是被这所房子里的一个同伙放进来的。如果我可以向你提供建议的话，警长，那就是逮捕那个小听差。据我所知，他只是最近才到你这儿当差的，医生。"

"这个小听差已经找不到了，"特里维廉说道，"女仆和厨师刚才还在找他呢。"

福尔摩斯耸了耸肩。

"他在这个案件中起着非常重要的作用，"福尔摩斯说道，"这三个人是踮着脚上楼的，那个老人在最前面，年轻人跟在其后，那个不明身份的走在最后……"

"我亲爱的福尔摩斯！"我突然喊道。

"啊，至于脚印的重叠，那是毫无疑问的。我可以辨认出他们昨天晚上各自的脚印。后来，他们上了楼，来到布莱星顿的门前，发现房门上了锁。然后，他们利用一根金属丝去撬动门锁。你们甚至不用放大镜，都可以从门锁上钥匙插孔处留下的痕迹看出他们在那儿使劲了。

"进入房间后，他们首先塞住了布莱星顿先生的嘴。他可能已经入睡了，或者是已经被吓瘫了，喊不出声来。这房间四壁坚厚，可以想象，即使他有时间尖叫一两声，也不可能被别人听到。

"抓住布莱星顿后，我明显感到他们就此事商量了一番，也许是商量采用起诉的办法。这一定持续了相当一段时间，因为就在那是，他们吸了这几支雪茄烟。老人坐在那张柳条椅子上，正是他用雪茄烟嘴吸的烟。年轻人坐在远处，对着五斗橱的内箱弹了烟灰。第三个人在室内走来走去。我想，此时布莱星顿笔直地坐在床上，但是对这一点我还不能完全肯定。

"好，最后，他们就抱起布莱星顿，把他吊起来。他们将这件事情做了如此细致的安排，以至于我相信他们随身带来了某种滑轮用作绞刑架。如我所想，那把螺丝起子和那些螺丝钉就是用来安装滑轮的。然而，当他们看到吊钩时，自然给他们省了许多麻烦。干完这一切后，他们就逃离了。他们的同伙随后就把门锁上了。"

我们都以极大的兴趣听着福尔摩斯概略讲述昨晚发生的事情，这都是他根据细微的迹象推导出来的，甚至当他给我们讲述这些时，我们几乎跟不上他的推理。之后，警长赶忙跑去查找小听差，我和福尔摩斯则返回贝克街用早餐。

"我在三点钟回来，"我们用完餐后，福尔摩斯说道，"警长和医生将到这里来见我，我希望到那时本案存在的任何疑点都能够变得一清二楚。"

我们的客人在约定的时间来到了，可我的朋友在差一刻四点才出现。然而，他一进门，从他的表情上我就能看出，一切都进行得非常顺利。

"有什么消息吗？警长。"

"我们已经捉住了那个小听差，先生。"

"太好了，我也找到那几个人了。"

"你找到他们了！"我们异口同声地喊道。

"是，至少我已经弄清了他们的身份。如我所料，那个所谓的布莱星顿在警察总署是人人皆知的，他的三个谋杀者也是如此，他们的名字分别是比德尔、海沃德和莫法特。"

"是抢劫沃辛顿银行的那一伙。"警长大声说道。

"正是他们。"福尔摩斯说道。

"那么，布莱星顿一定是萨顿了。"

"一点不错。"福尔摩斯说道。

"嗳，这就清楚了。"警长说道。

可是，我和特里维廉却面面相觑，迷惑不解。

"你们一定记得那桩沃辛顿银行大抢劫案吧？"福尔摩斯说道，"案中一共有五个人，除了前面这四个人，还有一个叫卡特赖特的人。那起案件发生在1875年，银行看管员托宾被害，七千英镑被盗。案发后，他们五个人全部被捕，但是证据不足，不能定案。这一伙抢劫犯中最坏的那个萨顿也就是布莱星顿，告发了其余四个。基于他的证词，卡特赖特被判处绞刑，其他三个人每人领刑十五年。前几天他们被提前几年释放，你们可以想到，他们下定决心要找到叛徒，为死去的同伙报仇。他们曾两次设法找到他，但都失败了，第三次，你们看，谋杀成功了。特里维廉医生，还有需要我进一步解释的吗？"

"我想你已经把一切都说得非常清楚了，"医生说道，"毫无疑问，他紧张不安的那天正是他在报纸上看到那几个人获释消息的那天。"

"完全不错，他说什么盗窃案，纯粹是胡扯。"

"可是，他为什么不把这件事告诉你呢？"

"啊，我亲爱的先生，他知道他的那些老搭档报复心很强，便尽力向所有人隐瞒自己的身份。他的秘密是可耻的，自己不可能将其泄露出来。但是，尽管他很卑鄙，却依然受到英国法律的保护，警长，我毫不怀疑，你可以看到，尽管那个盾没有起到保护作用，那把正义的剑还是会替他报仇的。"

这就是有关那个住院病人和布鲁克街医生的奇特案件。从那天夜晚起，警察再没有看到那三个凶手的影子。苏格兰场推测，他们乘坐那艘不幸的"诺拉克列依那号"汽船逃跑了。那艘船数年前在葡萄牙海岸距波尔图北部数里格的地方沉没，全体船员遇难。对那个小听差的起诉，因缺乏证据，不了了之，这件被称为布鲁克街疑案的案件，至今都未在任何报纸上详细报道过。

（孔令会　译）

希腊译员

在我和夏洛克·福尔摩斯长时间的亲密交往中，我从未听他提起过自己的亲属，也很少听他谈起自己早年的生活。他的沉默寡言使我更加觉得他多少有点不近人情，甚至有时我把他看作一个孤僻的奇才，一个有智慧但缺感情的人，尽管智力超群，但缺乏人类的同情心。他不近女色，不愿交友，这些都是他性格冷漠的典型特征，但更为严重的是他对家人只字不提。因此，我一直认为他是一个孤儿，没有在世的亲属了。可是有一天，他竟向我谈起他的哥哥来了，这令我非常惊讶。

那是一个夏日的傍晚，饭后无事，我们便漫无边际地闲聊起来，从高尔夫球俱乐部聊到黄赤交角变化的原因，最后谈到返祖现象和遗传能力，讨论的重点是一个人的杰出才能有多少取决于遗传，又有多少取决于自身早期所受的训练。

"就你来说，"我说道，"从你曾告诉过我的所有情况看来，显然你的观察能力和特有的推理能力都来自于你自身系统的训练。"

"一定程度上讲是这样的，"福尔摩斯沉思着回答道，"我的祖上是乡绅，他们过着与那个阶级完全不同的惯常生活。不过，我的这种才能多少有些遗传，可能我遗传自我的祖母，她是法国美术家吉尔内的妹妹。血液中的这种艺术细胞很容易产生最奇特的形式。"

"可是你怎么知道那是遗传的呢？"

"因为我哥哥迈克罗夫特的推理能力比我还强。"

这对我来说确实是一件新鲜事。如果在英国还有一个具有如此非凡才能的人，警署和公众怎能对他毫无所闻呢？我暗示说这是我朋友在谦虚，才认为他哥哥胜他一筹。福尔摩斯对此付之一笑。

"我亲爱的华生，"福尔摩斯说道，"有些人把谦虚视为美德，我不同意他们的观点。逻辑学家认为，一切事物都应当客观准确地去看待，低估自己和夸大自己的才能都是违背真理的。因此，我说迈克罗夫特的观察力比我强，你应该相信我说的是大实话。"

"你哥哥大你几岁？"

"七岁。"

"他为什么没有出名呢？"

"噢，在他自己的圈内是很出名的。"

"什么圈子？"

"噢，譬如说，在第欧根尼俱乐部里。"

我从未听说过这个地方，我的表情也一定显示了这一点，所以福尔摩斯拿出手表看了看，说道："第欧根尼俱乐部是伦敦最古怪的俱乐部，迈克罗夫特也是最古怪的人之一。他经常从下午四点四十五到七点四十分待在那里。现在是六点，如果你愿意在这美妙的夜晚出去走走，我很高兴让你见识一下这两个'古怪'。"

五分钟以后我们就到了街上，向雷根斯圆形广场走去。

"你一定想知道，迈克罗夫特为什么不把这样的才能用于侦探工作，"我的朋友说道，"其实他是不可能当侦探的。"

"但我想你说的是……"

"我说他在观察和推理方面比我强。假如侦探这门艺术只是坐在扶手椅上推理的话，我哥哥一定是个举世无双的大侦探了。可是他既无做侦探工作的志向，也无做侦探工作的精力。他甚至不愿去证实自己所做的论断，宁可它被人认为是错误的，也不愿费力去证明是正确的。我经常向他请教问题，他所提供的解释后来证明都是正确的。但是，在一件案子提交给法官或陪审团之前，他是绝对无力提出一些确凿的证据的。"

"那么，侦探不是他的职业吧？"

"绝对不是。我引以为生的侦探职业，对他来说只不过是个业余爱好而已。他在数字方面能力过人，所以常在政府部门审计账目。迈克罗夫特住在蓓尔美尔街，拐个弯就到了白厅。他每天步行上班，早出晚归。一年到头，他没有其他活动，也从来不到别处去，唯一的去处就是他家对面的第欧根尼俱乐部。"

"我记不起这个名字了。"

"你很可能不知道，伦敦的许多人，有的生性羞怯，有的愤世嫉俗，他们不愿与他人交往，可是愿意坐坐舒适的椅子，看看新近的期刊。为了给这些人提供便利，第欧根尼俱乐部便应运而生了，现在它吸纳了城里最孤僻和最不爱交际的人。会员们不许互相理会。除了在会客室，任何情况下都不准交谈，如果犯规三次，引起俱乐部委员会的注意，谈话者就会被开除。我哥哥是俱乐部的发起人之一，我自己也觉得这是一个舒适安宁、气氛怡人的好地方。"

我们边走边谈，不知不觉便来到了蓓尔美尔街。转过詹姆斯街头，我们径直走下去。福尔摩斯在离卡尔顿大厅不远的一个门口停了下来，叮嘱我不要说话，然后把我领进大厅。我透过玻璃嵌板看到一间宽敞豪华的房间，里面有很多人正坐着看报，每人各守一隅。福尔摩斯领我走进一间小屋，从这儿可以看见蓓尔美尔街，然后他离开了一会儿，很快领回来一个人，我知道这就是他哥哥。

迈克罗夫特·福尔摩斯比他弟弟高大结实得多。他的身体十分肥胖，面部虽然宽大，但带有几分他弟弟特有的那种表情分明的特点。他那淡灰色的双眼发出一种异样的光，看上去总在凝神沉思，我只在夏洛克全神贯注时才看到过这种神情。

"很高兴见到你，先生，"他说道，伸出一只似海豹掌一样宽大肥胖的手来，"由于你为夏洛克作传，他才名扬四海。顺便说一下，夏洛克，我还希望上星期会看到你来跟我商量那件庄园主住宅案呢。我想你可能有点力不从心吧？"

"不，我已经把它解决了，"我的朋友笑着说道。

"这当然是亚当斯干的。"

"不错，是他干的。"

"从一开始我就确信这一点。"

两个人一起在俱乐部弓形窗旁坐了下来。

"对任何一个想要研究人类的人来说，这是最好的地方，"迈克罗夫特说道，"看看这些极具代表性的人们吧，例如正向我们走来的那两个。"

"是那个弹子记分员和他身旁的那个人吗？"

"正是，你是怎样看那个人的呢？"

这时那两个人在窗户对面停了下来。我可以看出，其中一个人的马甲口袋上有粉笔痕迹，那是弹子戏的唯一标志。另一个瘦小黝黑，帽子戴在后脑门上，腋下夹

着几个小包。

"我看他是一个老兵。"夏洛克说道。

"并且是新近退伍的,"他哥哥说道。

"我看,他是在印度服役的。"

"而且是一个未受任命的军官。"

"我猜,是皇家炮兵队的。"夏洛克说道。

"是一个鳏夫。"

"不过有一个孩子。"

"有几个孩子,我亲爱的弟弟,有几个孩子呢?"

"得啦,"我笑着说,"对我来说,这有点儿不可思议了。"

"当然,"夏洛克答道,"不难确定那个表情威严、皮肤晒得黝黑的人是一个军人,但不是一个普通的士兵,他刚从印度回来不久。"

"他仍然穿着那双他们所谓的炮兵靴子,这一点表明他退役不久。"迈克罗夫特说道。

"他走路的步法不像骑兵,而且歪戴着帽子,这一点可以从他一侧眼眉上边较浅的皮肤颜色看得出来。他的体重又不符合工兵的要求,因此说他是炮兵。"

"还有,他看上去十分悲痛,这说明他失去了某个至爱的人。他在自己购物,看上去那个至爱的人就是他的妻子。你看,他在给孩子们买东西。那是一个拨浪鼓,这说明他的孩子中有一个还很小。他妻子可能在产后去世。他腋下夹着一本小人书,这说明他还惦记着另一个孩子。"

这时我才明白为什么我的朋友说他哥哥的观察力比他还要敏锐。夏洛克瞅了我一眼,微微一笑。迈克罗夫特从一个龟壳盒子里取出鼻烟,用一块大红丝巾把散落在衣襟上的烟末掸去。

"顺便说说,夏洛克,"迈克罗夫特说道,"有件事情很合你意,我手上有一个非常怪异的问题需要处理,但我确实没有精力将其追查到底。

不过,我已经掌握了一些进行合理推测的根据,如果你愿意了解这些情况……"

"我亲爱的迈克罗夫特,我非常愿意。"

他的哥哥在小笔记本上撕下一页纸,草草写了个便条,按了按铃,把这个便条交给了侍者。"我已经叫人去请梅拉斯先生到这里来了。"迈克罗夫特说道,"他就住在我楼上面，我和他有点熟，他在遇到困惑时总来找我。据我所知，梅拉斯先生属于希腊血统，而且是一个优秀的'语言通'。他的生活来源，部分是靠在法院当译员，部分是靠给那些住在诺森伯兰街旅馆的富裕的东方人做向导。我看还是让他自己把他的奇怪遭遇给你们讲讲吧。"

几分钟后，一个矮小粗壮的人进来了，他说起话来像是一个受过教育的英国人，但他那橄榄色的脸庞和乌黑的头发说明他是南方人。他亲切地同夏洛克·福尔摩斯握手。当听说这位专家急于听他的奇遇时，他那双黑色的眼睛闪烁出喜悦的光芒。

"我相信警察也不会相信我的话，"他悲戚地说道，"因为他们以前从未听说过这样的事，所以他们认为这样的事是不会发生的。但是我知道，除非我搞清那个脸上贴橡皮膏的可怜的人结果如何，要不然我是绝不会心安的。"

"我洗耳恭听，"夏洛克·福尔摩斯说道。

"现在是星期三晚上，"梅拉斯先生说道，"唉，这件事就发生在星期一晚上，仅仅是两天之前的事。也许我的邻居已经告诉你们了，我是一个译员，能翻译所有语言——或者说几乎是所有语言——可是因为我出生在希腊，而且取的也是希腊名字，所以我主要是翻译希腊语。多年来，我在伦敦希腊译员中首屈一指，我的名字早为各家旅馆所知晓。

"外宾遇到了困难，或是游客晚到需要我的服务，在这些不寻常的时候我常常被请去做翻译。因此，在星期一晚上，一位衣着时髦的年轻人拉蒂默先生来到我家中，要我陪他乘坐等候在门口的一辆马车外出时，我毫不奇怪。他说，有一位希腊朋友因事到他家拜访，他自己除了本国语外，不会讲任何外国话，因此非得请位译员帮忙。他告诉我他家离这里还有一段路，住在肯辛顿，而且他看上去非常着急，我们一来到街上，他就一把将我推进马车内。

"我坐进车中，立刻对这马车产生了怀疑，它比伦敦那种寒酸的普通四轮马车要宽敞些，尽管里面的设备陈旧了，但质量仍属上乘。拉蒂默先生坐在我对面，我们穿过查林十字路口，又径直穿过沙夫茨伯里大道，便来到了牛津大街，我刚想冒失地说从这儿到肯辛顿是绕道了，却被我的同车人异常的举动打断了。

"他从衣袋中抽出一根样子可怕的、灌了铅的大头短棒，前后挥舞了几次，好像是在测试它的重量和威力，然后默默地放在身旁的座位上，之后又关上了两侧的玻璃窗。令我惊讶的是，窗玻璃上都蒙着纸，防止我透过玻璃向外看。

"'很抱歉，挡住你的视线了，梅拉斯先生，'他说道，'我是不打算让你看到我们要去的地方。如果你能自己原路返回，那也许对我是不太有利的。'

"你们可想而知，我对此话大吃一惊。我这个同车人是个力大膀宽的年轻家伙，即使他没有武器，争斗起来我也绝不是他的对手。

"'这是一种非常反常的行为，拉蒂默先生，'我结结巴巴地说道，'你一定清楚，你的所作所为是完全违法的。'

"'毋庸置疑，这有点失礼，'他说道，'不过我们会补偿你的。但是，我必须警告你，梅拉斯先生，今晚无论何时，只要你试图报警或做出什么对我不利的事，那你是非常危险的。请你记住，现在没有一个人知道你在哪儿，因此，不论在这辆马车里还是在我家中，你是逃不出我的手心的。'

"他说话平心静气，可是话音刺耳，充满恐吓。我静静地坐着，想知道究竟因为什么他要用这种特别的办法来绑架我。显而易见，无论发生什么，抵抗对我来说毫无意义，只能坐以待毙了。

"马车行驶了约两个小时，我对要去的地方全然不知。有时马车在石子上发出格格的声音，说明走在石路上；有时平稳无声，说明走在柏油路上。但除了这些声音的变化外，没有什么能让我猜出我们现在行至何处。窗纸遮住了亮光，一块蓝色的窗帘挡住了前面的玻璃。我们七点一刻离开了蓓尔美尔街，到八点五十时马车才最终停了下来。同车人打开了窗玻璃，我瞥见了一个低矮的拱形门口，上面亮着一盏灯。当我匆忙从马车上下来时，门打开了，我进入房间，模糊记得进来时看到过一片草坪，两旁长满树木。我不敢确定这是私人庭院还是真正的乡下。

"大厅里点着一盏彩色的煤油灯，火光微弱，我只看到房子很大，里面挂着几幅画，别的什么也看不见。在暗淡的灯光下，我可以看出那个开门的人是一个身材矮小、相貌凶恶、膀大腰圆的中年男子。当他转向我们时，亮光一闪，这时我才看出他戴着眼镜。

"'是梅拉斯先生吗，哈罗德？'他问道。

"'是的。'

"'干得好，干得好！梅拉斯先生，我们没有恶意，可是没有你，我们就成不了事。如果你乖乖听话，你是不会后悔的，但如果你要耍花招，那就只有上帝能帮助你了！'他紧张不安、断断续续地说道，话间夹杂着咯咯的干笑，可不知道为什么，他给我的印象比那个年轻人更可怕。

"'你想让我干什么？'我问道。

"'只是向那位拜访我们的希腊绅士问几个问题，并让我们得到答复。不过我们叫你说什么你就说什么，别多嘴，否则……'接着又是一阵紧张的咯咯的干笑，'否则，你还不如没出生呢。'

"他边说边打开门，领我走进一间屋子，屋中陈设非常豪华，不过室内光线是由一盏拧得很小的灯发出的。这个房间很大，我进屋时双脚所踩的地毯软绵绵的，说明它很高级。我还看到一些丝绒面椅子，一个高大的大理石白壁炉台，一旁似乎有一副日本盔甲。灯的正下方有一把椅子，那个年纪大的人示意我坐下。那个年轻人走了出去，突然又从另一道门回来，领进一个穿着宽大睡衣的人，慢慢地向我们走来。当他走到昏暗的灯光之下，我才将他看得比较清楚，他的样子令我毛骨悚然。他面无血色，憔悴异常，两只眼睛明亮而凸出，这说明他体力虚弱，但精神振奋。除了身体瘦弱之外，他脸上还横七竖八地贴满了奇形怪状的橡皮膏，嘴巴也用一大块橡皮膏贴住了，这让我更加震惊。

"'石板拿来了吗，哈罗德？'当那个怪人颓然倒在而不是坐在椅子中时，那个年纪大的家伙喊道，'把他的手松开，现在，给他一支笔。请向他问问题，梅拉斯先生，让他把回答写下来。首先问他，他是否准备在文件上签字？'

"那个人气得两眼直冒怒火。

"'不！'他在石板上用希腊文写道。

"'再没有商量的余地吗？'我按照那恶棍的意思问道。

"'除非我亲眼看到她在我认识的希腊牧师的作证下结婚。'

"那个年长的家伙恶毒地狞笑着说：'那么，你知道等待你的会是什么吗？'

"'我什么都不在乎。'

"这些就是我们之间半说半写的谈话的一部分，我不得不一遍遍地问他是否妥协，是否在文件上签字；而每次得到的都是同样愤怒的回答。但是，很快我产生了一个奇妙的想法。我在每次发问时加上一点自己要问的话，刚开始问一些无关紧要的话，想试探一下在座的那两个家伙是否能听懂。后来，我发现他们毫无反应，便玩起了一个更为大胆的游戏。我们的谈话大致是这样的：

"'你这样固执是没有好处的。你是谁？'

"'我不在乎。我在伦敦人生地不熟。'

"'你的命运完全掌握在你自己手中。你在这里多久了？'

"'随便吧。已经三个星期了。'

"'这些财产永远不会归你了。他们怎样折磨你？'

"'它绝不能落到恶棍手里。他们不给我饭吃。'

"'如果你签字，你就能获得自由。这是一所什么宅邸？'

"'我决不签字。我不知道。'

"'你没有帮她一点儿忙。你叫什么名字？'

"'我想听她也这么说。克莱蒂特。'

"'如果你签字，你就可以见到她。你来自哪儿？'

"'那我将永远见不着她了。雅典。'

"福尔摩斯先生，再有五分钟我就能在他们眼前把全部事情刺探清楚。再问一个问题就有可能把这件事搞清，但就在那时，房门突然打开了，一个女人走进了房间。我看不清她的容貌，只觉她身材修长，头发乌黑，穿着宽松的白色睡衣。

"'哈罗德，'她操着不标准的英语说道，'我再也不能待下去了。这里太寂寞了，只有……啊，我的天哪，这不是保罗吗！'

"最后的几句话是用希腊语说的，同时，那人竭力撕下贴在嘴上的橡皮膏，尖声叫喊道：'索菲！索菲！'然后扑到女人怀里。然而，他们只拥抱了片刻，那个年轻的家伙便抓住那女人推出门去。而年纪较大的那个家伙轻松地按住那消瘦的受害者，把他从另一道门拖了出去。此时室内只剩下我一个人，我猛地站起来，隐约地想用某种途径获得一些线索，看看我究竟身在何处。然而，幸好我还没有采取行动，因为我抬头看见那个年纪较大的家伙正站在门口，直盯着我看。

"'行了，梅拉斯先生，'他说道，'你看你已经参与了我们的私事。我们是本不该烦劳你的，我们有位讲希腊语的朋友，一开始也是他帮助我们谈判的，但他因急事回东方去了，我们非常需要找个人替代他。听说你的翻译水平很高，我们感到很幸运。'

"我点了点头。

"'这里有五英镑，我希望这作为报酬足够了。不过请记住，'他向我走过来，轻轻地拍了拍我的胸膛，傻笑着说道，'假若你把这事告诉了别人——当心，只要对一个人讲了——那就让上帝怜悯你的灵魂吧！'

"我无法向你们形容这个卑鄙的家伙当时是多么让我厌恶和恐惧。那时灯光正照在他身上，我对他看得更清楚了。他面色蜡黄而憔悴，一小撮胡须又细又稀，说话时把脸伸向前面，嘴唇和眼睑抽搐不止，活像一个舞蹈病患者。我不禁想到他时断时续的怪诞笑声也是一种神经病的症状。然而，他面目的可怖之处还在于那双眼睛，铁青发灰，在其深处闪烁着冷酷、恶毒和凶残的光。

"'如果你把这事泄露出去，我们会知道的，'他说，'我们有办法得到消息。现在有辆马车在外面等你，我的伙伴送你上路。'

"我急忙穿过前厅坐上马车，又瞥了一眼树木和花园，拉蒂默先生紧跟着我，坐在我对面，默默无语。我们又一言不发地行驶了一段漫长的路程，车窗依然挡着。直到半夜，车才最后停住。"

"'请你在这里下车，梅拉斯先生，'我的同车人说道，'很抱歉，这里离你家很远，可是没别的办法啊。你如果试图跟踪我们的马车，那只能对你自己不利。'

"他边说边打开车门，我刚跳下车，车夫便扬鞭策马疾驶而去。我惊讶地环顾四周，原来我置身荒野，四下是黑乎乎的荆豆丛。远处有一排房屋，门窗上闪着点点亮光；另一边是铁路的红色信号灯。

"我乘的那辆马车已经消失得无影无踪了。我站在那里向四下凝望，想知道究竟身在何地，这时我看到有人在黑暗中向我走来。等他走到我面前，我才看出他是一个铁路搬运工。

"'你能告诉我这里是什么地方吗？'我问道。

"'这是旺兹沃思荒地。'他说道。

"'这里有进城的火车吗？'

"'如果你步行一英里左右到克拉彭枢纽站，'他说道，'你正好可以赶上去维多利亚车站的末班车。'

"我这段惊险经历就到此为止，夏洛克·福尔摩斯先生，除了刚才对你讲的事情之外，我既不知自己所到何地，也不知自己与何人谈话，其他情况也一无所知。但是我知道那里正进行着一个肮脏的勾当。如果可能，我就要帮助那个不幸的人。第二天早晨，我把整个事情告诉了迈克罗夫特·福尔摩斯先生，随后就报了警。"

听完这个离奇的故事后，我们静坐了一会儿。夏洛克望了望他哥哥。

"现在采取什么措施了吗？"夏洛克问道。

迈克罗夫特从侧桌上拿起一张《每日新闻》，上面写道：

有一个来自雅典的希腊绅士，名叫保罗·文莱蒂特，不懂英语；另有一个希腊女子，名叫索菲；两人均告失踪，若有人知其下落并告知，予以重谢。X 2473 号。

"各家报纸都登载了这条广告，但尚无回音。"迈克罗夫特说道。

"希腊使馆知道了吗？"

"我问过了，他们毫不知情。"

"那么，向雅典警察总部发个电报吧。"

"夏洛克在我们家精力最充沛，"迈克罗夫特转身向我说道，"好，你想方设法把这个案子查清，如果有什么好消息请告诉我。"

"一定，"我的朋友从椅子上站起身来答道，"我一定让你还有梅拉斯先生知道。梅拉斯先生，在此期间，换作我的话，我一定要保持高度警惕，因为看到这些广告，他们一定知道是你出卖了他们。"

在我们一起步行回家的路上，夏洛克·福尔摩斯在一家电报局停下发了几封电报。

"你看，华生，"夏洛克·福尔摩斯说道，"我们今晚可算不虚此行。我经办过的一些有趣的案子，就是这样通过迈克罗夫特转到我手中的。我们刚刚听到的问题，虽然它只能有一种解释，但仍具有一些特色。"

"你有希望解决它吗？"

"啊，我们已经掌握了这么多情况，如果不能查明其余的问题，那才叫奇怪呢。你自己也一定就我们刚才听到的这些情况有一些想法吧？"

"对，不过还不成熟。"

"说来听听。"

"在我看来，很明显，那位希腊姑娘是由那个名叫哈罗德·拉蒂默的英国青年拐骗而来的。"

"从哪儿拐骗来的？"

"或许是从雅典。"

夏洛克·福尔摩斯摇了摇头，说道："可那个青年连一句希腊话也不会讲，而那个女子却能讲很好的英语。因此可以推断，她在英国已经待了一段时间，而那个青年却没有到过希腊。"

"好，那么，我们假定她是到英国来访的，是那个哈罗德劝她和自己一起逃走的。"

"这倒很有可能。"

"后来她哥哥——我想他们一定有关系——从希腊前来干涉。他轻率地落到那个青年和他的老同伙手中。为了将那姑娘的钱财转让给他们，这二人便捉住他，对他使用武力，强迫他在一些文件上签字，而她哥哥可能是这笔钱财的受托人，并拒绝在文件上签字。为了和他进行谈判，那个青年和他的老同伙只好去找一个译员，之前他们曾雇用过一个译员，但最终还是看中了梅拉斯先生。那个姑娘并不知道他哥哥的到来，纯粹是出于偶然才得知的。"

"对极了，华生，"福尔摩斯大声说道，"我确实认为你所说的距离事实不远了。你看，我们已经占尽优势，只担心他们突然使用暴力。只要我们有时间调查，就一定能将他们捉拿归案。"

"可是我们怎样才能查明那个住宅的地点呢？"

"啊，如果我们的推测正确，而且那个姑娘目前或过去的名字叫索菲·克莱蒂特，那我们就不难找到她。这是我们的主要希望，因为她哥哥在这里人生地不熟。很明显，哈罗德与那姑娘搭上关系已经有一段时间了，至少有几个星期了，因为她在希腊的哥哥听到消息并赶了过来。如果他们在这段时间一直住在同一个地方，那就可能有人会对迈克罗夫特的广告给予回应。"

我们边走边谈，不觉回到了贝克街寓所。夏洛克·福尔摩斯先上了楼，打开房门不觉吃了一惊。我从他肩上望过去，同样也吃了一惊，原来他哥哥迈克罗夫特正坐在扶手椅中吸烟呢。

"进来，夏洛克。请进，先生，"迈克罗夫特温和地说道，对我们惊讶的面孔

觉得很好笑，"你没有想到我有这样的精力，是不是？但是不知为什么，这个案子吸引了我。"

"你是怎么来的？"

"我坐双轮马车赶过了你们。"

"有什么新进展吗？"

"我的广告有回音了。"

"啊！"

"是的，你们刚离开几分钟回音就来了。"

"结果怎么样？"

迈克罗夫特·福尔摩斯取出一张纸来："在这里，这是一个中年人拖着虚弱的身躯，用宽尖钢笔在淡黄色的纸上写的一封信。

> 先生：我来回复你今日的广告，请你相信我非常清楚你所寻找的这位女士的下落，你若愿意来访，我将提供一些有关她的遭遇的详情。她现在住在贝克纳姆的默特尔兹。
>
> 你忠实的 J．达文波特

他是从下布里克斯顿发的信，夏洛克，难道你认为我们现在没有必要乘车去她那里了解一下详情吗？"

"我亲爱的迈克罗夫特，救她哥哥的性命比了解她的情况要重要得多。我想我们首先应到苏格兰场会同警长葛莱森直接到贝克纳姆去。我们知道，那个人的性命正危在旦夕，光阴似箭啊！"

"最好顺路把梅拉斯先生也请去，"我建议道，"我们可能需要一个翻译。"

"很好，"夏洛克·福尔摩斯说道，"吩咐下人快去找辆四轮马车，我们立刻前往。"

他说话时，拉开桌子的抽屉，我注意到他把手枪塞到衣袋里。"不错，"他见我正在看他便说道，"从我们了解到的情况看，我敢说我们正在对付一个非常危险的匪帮。"

我们赶到蓓尔美尔街梅拉斯先生家中时，天已经黑了。一位绅士刚拜访过他并把他请走了。

"你能告诉我们他到哪里去了吗？"迈克罗夫特·福尔摩斯问道。

"我不知道，先生，"给我们开门的妇女答道，"我只知道他和那位绅士坐一辆马车走了。"

"那位绅士留下姓名了吗？"

"没有，先生。"

"他是不是一个身材高大、相貌英俊、肤色黝黑的年轻人？"

"啊，不，先生。他身材矮小，戴着眼镜，面容消瘦，不过性情和蔼，因为他说话时一直在笑。"

"快随我来！"夏洛克·福尔摩斯突然喊道，"事已紧急了。"

我们向苏格兰场赶去时，他说道："那几个人拐走了梅拉斯。从前晚的经历，他们知道梅拉斯是一个缺乏勇气的人，那恶棍一出现在他面前，就把他吓坏了。毫无疑问，他们要他做翻译，不过，翻译完了，他可能会因泄露了消息而被杀害。"

我们希望乘坐火车，这样就可以尽快赶到贝克纳姆，或者说比马车早点赶到。然而，我们到苏格兰场后，又花了一个多小时才找到葛莱森警长，并办理了允许进入私宅的法律手续。我们九点四十五来到伦敦桥，十点半钟来到了贝克纳姆火车站，又驱车半英里，才来到默特尔兹——这是一所阴沉沉的大宅院，背靠公路。在这儿，我们把马车打发走，沿车道一起向前走去。

"窗户都是黑的，"警长说道，"这似乎是一座被人离弃的宅院。"

"我们的鸟儿飞了，鸟巢也空了。"福尔摩斯说道。

"你为什么这样说呢？"

"一辆满载行李的四轮马车刚离开还不到一个小时。"

警长笑了笑，说道："我在门灯的光照下看到了车辙，可这行李是从哪儿说起呢？"

"你也许看到的是一个车子向另一方向驶去的车辙。可是这向外驶出的车辙却非常深——因此我肯定地说，车子的负荷很重。"

"你看得比我细致，"警长耸了耸肩说道，"这扇门很结实，我们很难破门而入，但如果我们叫门没人应答，我们就可以试一试。"

警长使劲捶打门环，又拼命按铃，可是毫无动静。夏洛克·福尔摩斯走开了，过了几分钟又返回来。

"我已经打开了一扇窗户。"夏洛克·福尔摩斯说道。

"幸好你赞成破门而入，而不反对这样做，福尔摩斯先生，"警长看见我的朋友灵巧地将窗闩拉开，说道，"好，在这种情况下，我们便可以不邀而入了。"

我们一个一个地翻窗而入，来到一间大屋子中，这显然就是梅拉斯先生上次来过的地方。警长把提灯点上。借助灯光，我们看到了梅拉斯曾描述过的两扇门、窗帘、台灯和一副日本盔甲。桌上有两个玻璃杯，一个白兰地空酒瓶和一些残羹冷炙。

"什么声音？"夏洛克·福尔摩斯突然问道。

我们静静地仔细听着。一阵低沉的呻吟从我们头上的某个地方传来。夏洛克·福尔摩斯急忙冲向门口，跑进前厅。这凄凉的声音是从楼上传来的。他跑上楼去，警长和我紧随其后，他哥哥迈克罗夫特虽然个头很大，也尽快赶上。在楼上，有三扇紧闭的门，声音隐约是从中间的那扇门传出来的，时而低如呓语，时而高声哀号。门是锁着的，可是钥匙留在外面。夏洛克·福尔摩斯使劲打开门冲了进去，不过立刻又用手按着喉咙退了出来。

"里面正烧炭，"夏洛克·福尔摩斯喊道，"稍等一等，毒气就会散去的。"

我们向里面张望，只见房间中央放着一个小三足铜鼎，上面闪烁着暗蓝色的火焰，在地板上投射出一圈异常的青灰色的光芒，在旁边的暗影中我们看到两个模糊不清的身躯蜷缩在墙边。门一打开，里面冒出一股可怕的毒气，使得我们透不过气来，咳嗽不止。夏洛克·福尔摩斯跑到楼顶呼吸一口新鲜空气后又冲进室内，打开窗户，把三足铜鼎用力扔到花园里。

"稍等一下，我们就可以进去了，"夏洛克·福尔摩斯又飞快地跑出来，气喘吁吁地说道，"蜡烛在哪里？我怀疑在这样的环境里划不着火柴。迈克罗夫特，现在你在门口拿着蜡烛，我们进去把他们救出来！"

我们冲到那两个中毒人的身旁，把他们拖到灯光明亮的前厅。两个人都已嘴唇发青，面部肿胀，双目凸出，失去知觉。的确，他们的容貌严重变形了，要不是那黑胡子和肥胖的身躯，我们就很难辨认出其中一位就是那个希腊译员，他在几个小时前才刚刚在第欧根尼俱乐部与我们分手。他的手脚被人牢牢地捆绑在一起，而且一只眼睛上还有遭人毒打的痕迹。另一个人，也一样被捆绑起来，高高的个子，形容已消瘦得不成样子了，而且脸上奇形怪状地贴着一些橡皮膏。当我们把他放下时，他已经停止了呻吟。我看了一眼，对他来说我们的救助来得太晚了。然而，梅拉斯先生还活着。我们使用了氨水和白兰地酒。不到一小时，我高兴地看到他睁开了眼睛，知道是我把他从死亡的深渊中救了回来。

梅拉斯向我们简单地讲述了事情的经过，证实了我们的推断是正确的。那个去"请"他的人，进屋以后，从衣袖中抽出一根护身棒，并威胁要立即处死他，结果，梅拉斯再次遭人绑架。的确，那个奸笑的恶棍在这位不幸的"语言通"身上产生的威力是不可抗拒的，因为那位译员吓得双手颤抖，面色发白，哑口无言。希腊译员被快速地带到贝克纳姆，在第二次谈话中充当译员，而且这一次比上一次更富戏剧性。在谈话中，那两个英国人威胁那个被囚禁的人，如果他不听从他们的命令，就立即处死他。最终，见他面对所有威胁都毫不妥协，他们只好把他扔回监狱。然后，他们斥责梅拉斯的叛逆行为，说他在报上刊登广告出卖了他们，并用棒子将其打昏过去。梅拉斯一直不省人事，直到我们俯身救他为止。

这就是那件希腊译员奇案，至今依旧疑云重重。我们只能从回复我们广告的那位绅士处了解到，那位不幸的年轻女子出身于一个富贵的希腊家庭，她是到英国来访友的。在英国，她遇到一个名叫哈罗德·拉蒂默的年轻人，这个人控制了她，并最终说服她与他一同逃走。她的朋友对此事倍感惊讶，为了脱离干系，便急忙通知她在雅典的哥哥。她哥哥来到英国后，不小心落到拉蒂默和他那个叫威尔逊·肯普的同伙手中。肯普是一个声名狼藉的家伙。那两个人发现他语言不通，便把他囚禁起来，用毒打和饥饿的方式威逼他签字，以夺得他和他妹妹的财产。他们把他关在宅院内，而姑娘对此全然不知，为了让姑娘哪怕看到哥哥也很难辨认出来，他们便在他脸上贴了许多橡皮膏。然而，正当译员来访的时候，女性的敏感让她一见到哥哥便识破了伪装。但是，这可怜的姑娘自己也是被囚禁的人，因为在这所宅院里除了那马车夫夫妇之外别无他人。而马车夫夫妇也是这两个阴谋家的爪牙。两个恶棍见秘密已被揭穿，囚徒又难以威迫，便携带姑娘在几个小时内逃离了那所花钱租赁的家具齐全的宅院。他们首先要报复那个反抗他们的人和那个出卖他们的人。

几个月后，我们收到从布达佩斯报上剪下来的一段奇闻，上面说两个英国人携一妇女同行，遭遇到了灭顶之灾，两个男人皆被刺死。匈牙利警方认为，他们之间因互相争吵而相互残杀。然而，在我看来，夏洛克·福尔摩斯持不同的看法，直到今天他还坚持认为，如果谁能找到那位希腊姑娘，谁就会弄清楚她是怎样为自己和哥哥的遭遇报仇雪恨的。

（孔令会　译）

海军协定

结婚那年的七月，令我难以忘记。我有幸参与了夏洛克·福尔摩斯侦破的三个案件，记录了他的办案思路和侦察行动。"第二处血迹""海军协定""疲惫的船长"三个案件悉数记录在我的笔记本上。"第二处血迹"涉及皇室家族的纠葛和利益，许多年后也不会公之于众。然而，在该案件中，福尔摩斯先生所表现出的分析能力是前所未有的，着实让人折服！我详细地记录了他与巴黎警局迪布哥先生和丹齐格的著名专家弗里茨·冯沃尔鲍的谈话。谈话中，福尔摩斯先生陈述了案件的真相；迪布哥先生和冯沃尔鲍专家得知自己枉费了大量的精力，得来的全是一些无关紧要的细节！"第二处血迹"案情的公布可能要等到下个世纪，我索性讲讲"海军协定"吧。"海军协定"涉及国家利益，其中一些事件赋予了它不同寻常的特征。

在学生时代，我有一个亲密的伙伴——珀西·费尔普斯。珀西年龄和我相仿，却比我高两级。他非常聪明，赢得了学校所能给予的所有荣誉。他以优异的成绩获得了奖学金，并可以在剑桥大学继续他辉煌的学业。珀西很小的时候，我们就把他和他那地位显赫的舅父联系在一起。他的舅父霍尔德赫斯特伯爵是一位重量级的保守党政客。了不起的舅父并没有给珀西的学校生活带来好处，相反成了我们捉弄他的理由。操场上我们用诸如铁环之类的东西撞击他的小腿等小把戏来捉弄小珀西，并以此为乐。然而，当珀西走入社会的时候，情况就不一样了。我听说珀西因为自己的聪明才智和舅父的权势地位，毕业后在外交部谋得了一份肥差。后来他在我的记忆里逐渐消失，直到有一天，一封来信才使我想起了他：

沃金，布里尔布雷

亲爱的华生：

　　我想你还记得"小蝌蚪"费尔普斯吧，你读三年级时他在五年级。他就是我。或许你也听说了由于我舅父的重要影响力，我在外交部从事一份让人仰慕和尊重的工作，然而，可怕的不幸悄然降临，摧毁了我的美好前程。

　　信中不想详述那件可怕的事情，如果你能答应我的请求，到时候我会详细地讲给你。九周来，我一直受脑炎病痛的折磨，现在略有好转，可依然十分虚弱。我想你能否说服你的朋友福尔摩斯先生到我这里来，我想听听他对这个案件的看法，尽管当局说不会有任何进展。请求你尽快说服！生活在这种可怕的悬疑中，我度日如年！本想及早请福尔摩斯先生帮忙，但自从这场不幸降临后，我一直处于半昏迷状态。现在我比较清醒了，但也不能用脑过多，以免复发，我依然很虚弱，只能请人代写。请你一定说服福尔摩斯先生！

　　　　　　　　　　　　　　　你的老同学：珀西·费尔普斯

　　读完这封短信，一种东西揪住了我的心，费尔普斯对福尔摩斯先生绝望般的请求深深地打动了我。尽管说服福尔摩斯先生并非易事，但我会试图说服的。再说福尔摩斯先生热爱着他的侦探艺术，也随时愿意为他的当事人提供帮助。妻子同意我将这件事马上告知福尔摩斯先生，早餐后一个小时我便赶到了贝克街的老住处。

　　福尔摩斯先生身着晨衣，坐在靠墙的桌旁，聚精会神地做着化学试验。本生灯蹿着蓝色的火苗，巨大的曲颈瓶中的液体在沸腾，蒸馏出的液体滴入两公升的容器里。进屋的时候，我的朋友只对我扫了一眼，可见试验对他是多么的重要，我只好坐在椅子上等待。他用玻璃吸管从各个瓶中提取一些液体，然后拿出一个装有溶液的试管放了桌上，右手拿了张石蕊试纸。

　　福尔摩斯对我说："华生，你来得正好，如果这试纸依然保持蓝色，则没有任何问题；如果变成红色，则会关系到一个人的性命！"

　　他将试纸浸入试管的溶液中，试纸随即变暗，然后呈现出深红色。

　　"哼，果然不出我所料！"福尔摩斯说道，"我马上处理你的事情，华生，波斯拖鞋里有烟，自己去拿。"

他回到桌前，匆匆地写了几份电报，交给了侍从。这时，他坐到对面的椅子上，盘起膝盖，双手抱着细长的小腿。

"一起再普通不过的凶杀案。"福尔摩斯说道，"我想你又带来了一个离奇的案子，因为你总是有一些棘手的案子，不是吗？"

我把那封信递了过去，他全神贯注地读着。

"信中没告诉我们多少线索啊。"他边说边把信给了我。

"几乎没有。"

"但笔迹很有意思。"

"那不是他自己的笔迹。"

"当然了，是位女士写的。"

"肯定是男士！"我叫道。

"不，是位女士写的，出自一位性格不凡的女士之手。从目前来看，我们知道当事人和一位很特别的女士有着非常密切的关系，不管她是好是坏。我对这个案件很感兴趣，如果你准备好了，我们这就赶往沃金，看看这位身陷困境的外交家和代他写信的女士。"

很幸运我们在滑铁卢火车站赶上了一列早班车，不到一个小时我们就赶到了冷杉树和石楠花相互掩映的沃金。从火车站步行几分钟就可到达布里尔布雷，这是一处孤零零的大宅院，四周非常开阔。我们递上名片，一位有点发胖的男子非常友好地带我们走进装饰得很典雅的客厅。这位男子大约三十多岁，但那红润的脸颊和炯炯有神的双眼给人感觉是他依然是一个健壮而调皮的小伙子。

和我们握手时，他显得异常激动。

"我很高兴你们能来，"他说，"费尔普斯整个上午都在打听你们的消息。唉，可怜的家伙，每一根稻草都不肯放过！他父母让我过来接待你们，一提起这事，对他们都是痛苦的折磨！"

"我们还不知道细节呢，"福尔摩斯先生说道，"我想你不是这个家庭的成员吧？"

我们刚刚认识的这位朋友看起来有点惊讶，往下看了看就开始笑了。

"你是看到了我项饰上的JH图案了，刚才我还以为你有超能力呢。我叫约瑟夫·哈里森，我的妹妹安妮准备嫁给费尔普斯，可以说我们有点亲戚关系吧。我妹妹就在费尔普斯的房间，两个月来，她日日夜夜不辞辛苦地照顾着费尔普斯。要不我们这就进去，他在焦急地等待着你们。"

约瑟夫把我们带进和客厅在同一楼层的房间，屋内装饰得有点像客厅，又有点像起居室，到处都是鲜花，摆放得很讲究。窗户是开着的，花园里花草的芳香和夏日清爽的空气扑面而来。一位年轻男子躺在靠近窗户的沙发上，面色苍白，疲惫不堪，他的身边坐着一位女子。当我们进去的时候，她站了起来。

"费尔普斯，我要离开吗？"她问道。

他拉住她的手，没让离开。

"你好吗，华生？"他亲切地说，"你留了小胡子，我都有点认不出你来了，我想你不会骂我吧！他肯定就是你的朋友，大名鼎鼎的夏洛克·福尔摩斯先生。"

简单介绍几句，我们便坐了下来。胖约瑟夫已经离开了，他妹妹拉着费尔普斯无力的手留在了屋里。她身材矮小，且有点胖，略显不协调。但她那橄榄色的姣好容貌，一双大大的黑色的意大利人眼睛，还有一头浓密的黑发非常惹人注目。在她姣好面容和肤色的映衬下，费尔普斯的脸色更显苍白憔悴。

"我不想浪费你们的时间，"费尔普斯从沙发上坐起来，"我就直奔主题了。福尔摩斯先生，我曾经很快乐，也有一定的成就吧；可就在我结婚之前，一场可怕的不幸突然降临，摧毁了我的前程。

"华生可能提到过，由于我舅父霍尔德赫斯特伯爵的影响，我在外交部很快被提拔到一个重要的职位上。舅父升任外交大臣之后，曾交给我几项重要工作，我都很出色地完成了。之后，舅父对我的能力和才智寄予了最大的信任。

"大约十周前，也就是五月二十三日，他把我叫到他私人办公室，先对我以前的工作大加赞赏，然后告诉我有一项非常重要的任务要我去办理。

"他从办公桌里拿出一卷纸张有点发灰的文件，对我说：'这是英国和意大利签订的秘密协议原件，遗憾的是，媒体已经有所传言。这份文件至关重要，再也不能走漏半点风声。法国和俄罗斯大使愿不惜高价搞到文件内容。若不是急需一个备份，我不会把它从我的办公桌里拿出来。你的办公室有保险柜吗？'

"'有，先生。'

"'把协议锁进保险柜。我要求你等办公室其他人走了之后再手抄一份，注意避免别人看见只言片语。一定记得把原件和手抄本都锁进保险柜，明天一早亲自交

给我。'

"我拿上那份文件……"

"对不起，打断一下，谈话时就你们两人吗？"福尔摩斯问道。

"是的。"

"在一个大房间？"

"大约三十平方英尺。"

"在房子中央说话？"

"基本上是。"

"说话声音大吗？"

"我舅父说话声音一直很小，我几乎没说话。"

"谢谢，请继续讲。"福尔摩斯先生闭上了眼睛。

"我完全按照舅父的要求去做，等其他同事离开办公室。其中一个叫查尔斯·哥让特的同事因为有点工作没有做完需加会儿班，我就先去吃饭了，他则留在办公室，等我回来时他走了。我抓紧时间做我的工作——当时，约瑟夫·哈里森也在城里，他准备坐十一点的火车赶到沃金去，我想如果可能，我们就一块去了。

"当我看这份协议时，我意识到它的重要性，舅父的话一点也不夸张。不用看细节，我就知道它是关于英国在三国联盟中的地位和立场，协议仅仅是关于海军方面的，上面提到，如果法国海军先于意大利海军在地中海占据绝对优势，英国海军会采取的措施等。协议是意、英两国高官签署的。我粗略地看了一下，就坐下来开始抄写。

"文件很长，总共有二十八章，是用法文书写的。我尽可能快速地抄写，可到了九点，只抄写了九章，看来肯定是赶不上火车了。由于工作了一整天，加上晚餐随便凑合了一下，我感到思维模糊，昏昏欲睡。我想来杯咖啡会提点神。楼下小门房的看门人整夜值守，可以为加班的职员用小酒精灯烧制咖啡。我按铃叫他到我办公室来。

"让我惊讶的是，进来的却是一位系着围裙、体格魁伟、皮肤粗糙的中年妇女。她说自己是看门人的妻子，在这里打杂。我就让她去烧杯咖啡。

"我又抄写了两章，感到更加困乏，就站起身来，在屋里走来走去，活动活动腿脚。咖啡还没送上来，我想知道是怎么回事，便打开门经过走廊下楼去了。走廊是从我办公室到楼梯的唯一出口，没有拐角，灯光昏暗。走廊的尽头便是楼梯，值班室就在楼梯的下面。楼梯的中间有一个平台，右拐有条小通道，经过一段小楼梯，通向边门，供侍从们使用，有时候职员们从查尔斯大街过来，也抄近道走这个门。这儿有张草图。"

"谢谢，我想我听明白了。"福尔摩斯说道。

"还有一点非常重要，当我下楼走进门房时，看门人在熟睡，酒精灯上的水壶在沸腾，水溢到了地上，我便提开水壶，熄灭了酒精灯。正当我伸手去摇醒沉睡中的看门人时，头顶上方的铃子骤然响起，惊醒了他。

"'费尔普斯先生！'他非常惊讶地看着我。

"'我怎么在烧水的时候睡着了？'他看着我，又看看还在颤抖的铃铛，脸上露出惊愕的表情

"'你在这儿，是谁按的铃？'他问道。

"'铃！什么铃？'我叫道。

"'是你办公室的啊！'

"我心头一阵冰凉！有人进了我的办公室！那份无比重要的文件就摊在桌上！我发疯般地冲上楼去。走廊里没有人影，房间里也空无一人，一切都和我离开时一模一样，只是舅父交给我的那份文件不见了。手抄的那部分在，可原件却不翼而飞了！"

福尔摩斯先生从椅子上坐了起来，搓着双手，可以看出他对这个案子很上心。"那请告诉我，之后你怎么做了？"他低声问道。

"我第一反应是窃贼肯定是从侧门进来的，要不然我会撞见的。"

"有没有可能有人一直就藏在你的办公室？或者藏在走廊里，因为你刚提到走廊里光线昏暗。"

"绝对不可能！一只小老鼠也不可能藏在办公室或走廊里，因为那里没有任何可以隐藏的地方。"

"谢谢，请继续讲。"

"看门人看到我脸色煞白，知道肯定发生了要紧的事情，也跟着我上楼了。我们随即冲向楼梯，侧门虚掩着，没有上锁。拉开门我们冲向查尔斯大街，我清晰地记得那时是九点四十五分，因为临近街区的钟声敲响了三下。"

"这点非常重要。"福尔摩斯在袖口上记录了下来。

"那晚天很黑，下着蒙蒙细雨。查尔斯大街没有一个行人，而大街另一头的怀特霍尔街上跟往常一样，车辆络绎不绝。我们没有戴帽子，沿着人行道往前跑去，在不远处的拐角，看见一位警察在值哨。

"'发生了一起盗窃案，外交部一份非常重要的文件被盗了！刚才有人从这经过吗？'我气喘吁吁地说。

"'我站在这有一刻钟了，先生，这段时间只看见一位身材高大的、上了点年纪的妇女经过，她披着佩斯利螺旋花纹呢细毛披巾。'

"'嘿，那是我妻子！再没有别人经过了吗？'看门人喊道。

"'没有。'

"'那么窃贼肯定从另一条路上跑了！'看门人喊叫着，扯着我的衣袖。

"但我并不那样认为，他想把我领向另一条路，更增强了我的疑心。

"'那个女人从哪走了？'我大声问道。

"'不知道，先生，我只看到她经过这里，没什么异常情况，就对她没太注意，她走得很匆忙。'

"'她走多长时间了？'

"'没过几分钟'

"'五分钟？'

"'哦，最多不过五分钟吧。'

"'先生，你是在浪费时间，现在每一分钟都至关重要！'看门人大声叫嚷着，'相信我的话，我那老婆子不会干这种事的，赶快到另一条街上看看去，你不去我就去了！'说完他冲向另一条街。

"我随即冲上去，扯住他的衣袖，问道：'你家住哪儿？'

"'布里克斯顿，常青藤路16号，但费尔普斯先生，别按照错误的思维追踪了，到另一条街去看看有没有一点线索！'

"听他的建议也不会有什么错，我们和那位警察一块匆匆赶到另一条街上，看到的只是车水马龙的景象，人来人往，在这样的雨夜，都急匆匆地想找一处栖身之地，没有闲人告诉我们谁打那儿经过。

"我们只好回到办公室，仔细检查楼梯看能否发现蛛丝马迹，但依然没有任何线索。通向办公室的走廊铺着奶油色的地毯，很容易留下痕迹。我们仔细地看过了，没有任何脚印。"

"整个晚上都在下雨吗？"

"大约七点钟开始下的。"

"那么，那位到过你办公室的女人为什么没有留下泥泞的脚印？"

"很高兴你这样问我，刚开始我也有同样的疑问。她有一个习惯，每次都在她丈夫的值班室换上留在那儿的拖鞋。"

"哦，是这样的，尽管是雨夜也不会留下脚印。整个事件的确非常蹊跷，后来你们怎么做了？"

"我们也仔细察看了我的办公室，里面没有暗门，窗户都是从里面扣上的，离地面也有三十英尺。地板上铺着地毯，不可能有暗道。天花板是用那种普通涂料刷过的。我拿自己的性命作赌注，偷走文件的窃贼肯定是从门里进来的。"

"壁炉呢？"

"没有壁炉，只有一个火炉。拉铃绳在我办公桌的右上方，要想拉响按铃，必须走到我办公桌旁。可窃贼为什么要按响铃呢？这是最大的悬疑。"

"这个案子的确不同寻常。下一步呢？你们有没有在房间发现闯入者的一些线索，比如烟头、掉下的手套或发卡之类，或者其他的一些小物件？"

"没发现这种东西。"

"没留下什么气味？"

"哦，我们当时没朝这方面去想。"

"唉，比如有烟草的味道，可能对我们的调查会起到重要的作用。"

"我从不抽烟，所以如果有烟味我肯定会注意到的。的确没有任何线索，唯一明确的一点是，看门人的妻子探盖太太匆匆地离开了事发现场。看门人只是解释说他太太每晚都在那个时候回家。我和警察都认为如果是探盖太太干的，就应该在她把文件出手之前抓住她。

"我们向伦敦警察局报了案，福布斯警探火速赶到了现场，他对该案倾注了大量的精力。我们雇了辆小马车，半个小时就赶到了看门人的家。开门的是一位年轻女子，后来我们知道是她的大女儿。她母亲还没有回来，我们就在前屋等她。

"大约过了十分钟听见有人敲门。这时我们犯了一个不能原谅的严重错误，我们没去开门，而是让她的女儿去开了门。我们听到女儿说：'妈妈，屋里有两个人在等你。'随即我们听到下楼的急促的脚步声。福布斯打开门，我们冲向厨房，可探盖太太先于我们到了。她恶狠狠地盯着我们，突然认出了我，脸上露出惊讶的表情。

"'你，你不就是外交部的费尔普斯先生吗？'她叫道。

"'快告诉我，你知道我们在等你，跑什么啊？'福布斯警探问道。

"'我以为是要账的，我们和一个商人有点纠纷。'

"'这种解释有点勉强，'福布斯警探说，'我们有理由相信是你拿走了外交部一份非常重要的文件，跑到这来处理。你必须跟我去警局接受进一步的调查。'

"她的辩解和反抗没有用，被带上了四轮马车。我们仔细检查了厨房，尤其是灶火，看看是否有她在我们没来之前烧毁的文件。然而没有任何迹象，没有纸灰，也没有碎纸。到了警局，女警员立即对她进行了搜查。我们悬着心焦急地等待着搜查结果，然而最终什么也没搜到。

"这时巨大的恐惧向我袭来，之前我一直在行动，没有时间去思考。我只是想很快会找到失窃的文件，没敢去想找不见的严重后果。而现在没什么能做的了，我开始意识到我的处境。这太可怕了！华生知道，我在学校时是一个拘谨、敏感的孩子，这是我的天性。想到我的舅父和他的同事，想到给他带来的难堪，给我所认识的人带来的难堪，我羞愧难当。我是这起离奇意外事件的受害者又能怎么样？事关国家外交利益，怎能出现闪失？我毁了自己，以这种耻辱的方式彻底毁了自己！不知道自己该做什么。我想我一定当众大闹了一场，因为我隐隐约约记得有很多职员围着我，安慰我。其中有一位驾车把我送到滑铁卢火车站，送我上了去沃金的火车，还好费里尔医生也在那趟车上，他把我送到家。费里尔医生和我住得很近，在车上他对我照顾得很周全。多亏他的精心照料，因为在车站时我就发作过一次。快到家的时候我几乎变成了一个胡言乱语的疯子。

"你可以想象我的家人在梦中被医生的电话惊醒，看到我疯疯癫癫的样子时的情景。妈妈和安妮的心都碎了。费里尔医生先前在车站听探员讲了所发生的事情，便给家人讲述了发生的一切，但一切都没有用。谁都明白我的病要好起来需要好长一段时间。于是，约瑟夫就搬出了这间温馨的卧室，把它变成了我的病房，我一直躺在这儿。九周多了，我一直神志不清，饱受脑炎折磨。福尔摩斯先生，要不是安

妮和医生的精心照料，我现在不可能在和你说话。安妮白天照顾我，晚上则由一位护士来照料我，因为我神志错乱，生活无法自理。渐渐地，我开始恢复意识，就在大前天我才完全恢复了记忆。有时我想永远失忆下去该多好啊！清醒之后做的第一件事情就是，和接手这个案子的福布斯警探取得联系。他来告诉我说，尽管他们想尽了办法，但依然没有任何进展。他们通过各种渠道调查了看门人和他的妻子，但没有任何迹象表明他们和这个案子有关。警方把视线转移到年轻的哥让特身上，你应该记得，就是那天晚上加班的那位。他的法文名字和很迟才离开，的确会引起嫌疑，但可以确信的是他离开之前我并没有开始工作。虽然他是雨格诺血统，但和我们英国人一样，拥有同样的传统信仰和同情心。在他身上也没有发现任何可疑线索。警方一筹莫展，我只能向你求助，福尔摩斯先生，你是我最后的希望。如果你也破不了案，我的声名和职位将永远丧失。"

因为长时间的叙说，病人显得疲惫不堪，他便躺在身后的靠垫上，护士给他冲了杯刺激性药物。福尔摩斯先生仰着头双目紧闭，一言不发，在别人眼里是一副无精打采的样子，可我知道他在聚精会神地思考着。

"你讲得已经够清楚了，我几乎没有什么问题要问你了。"过了一会，福尔摩斯说道，"但有一点非常重要，你是否跟别人讲过你所执行的任务内容？"

"没跟任何人讲过。"

"你的亲友，比如说安妮？"

"也没有，从接到命令到开始执行我没有到过沃金。"

"他们有没有人碰巧去看你？"

"没有。"

"他们知道你办公室的具体位置吗？"

"哦，知道的，我给他们说过具体怎么走。"

"当然了，你没有跟任何人说起过协议的事，问这些都没有用。"

"我没跟任何人提起过。"

"你了解看门人吗？"

"只知道他是位退伍老兵。"

"哪个团的？"

"我听说是科德斯特里姆警卫队的。"

"谢谢！我肯定能从福布斯警员那儿得到一些细节，警方在搜集情报方面有一手，只是有时不能很好地利用它。多好看的玫瑰啊！"

福尔摩斯先生走过长椅，来到窗前，扶起有点低垂的百叶玫瑰花茎，仔细欣赏那红花绿叶相互掩映的美景。我发现了福尔摩斯先生性格中的另一面，之前从未见过他对自然物有如此大的兴致。

"没有什么比宗教更需要推理了！"福尔摩斯斜倚在百叶窗前说道，"推理家们可以建立起精密的推理科学，而在我看来，我们对上帝仁慈的最高信仰就存在于这鲜花之中。其他所有的一切，诸如权力、欲望、食物都是我们所赖以生存的必需品。但这玫瑰却不同，它的芳香和色泽是生命的润色，而非生命的基础。有仁慈才会有与众不同，所以我们期望鲜花带给我们希望。"

听完福尔摩斯先生富有哲理的一番话，费尔普斯和他的护士脸上写满了惊讶和失望。福尔摩斯先生手指轻轻地拨抚着玫瑰，依然沉浸在自己的思绪中。过了几分钟，那位年轻的女子打破了沉默。

"福尔摩斯先生，你看到解开这一神秘事件的希望了吗？"语气有一点点刻薄。

"是啊，有点神秘！"福尔摩斯先生一怔，回到了眼前的现实世界，"如果否认这是个神秘而复杂的案件，是很可笑的。但我保证会去调查并告诉你们每一步进展。"

"你有线索了？"

"你们给我提供了七条线索，当然，先得去调查才能知道它的价值。"

"你怀疑某个人？"

"我怀疑自己。"

"你自己？"

"怀疑自己过早地下了结论。"

"那请回到伦敦去检验你的推论吧！"

"安妮，你的建议很好。"福尔摩斯先生说着直起身来，"华生，我想我们不能找到更好的办法了。费尔普斯先生，你也不要抱有太大的希望，这的确是一个复杂棘手的案件。"

"不！我急切地期待着你的消息！"这位外交官说。

"好的，明天早上我会坐这趟火车赶来，尽管很可能并不会带来什么好消息。"

"但愿你能来！"当事人说道，"每一步进展对我来说都是新的开始。顺便提一下，我收到了舅父霍尔德赫斯特伯爵的来信。"

"哦，说什么了？"

"他有点冷淡，但并不是很严厉，我想可能是因为考虑到我的病情的缘故吧。他重申了这个事件的重要性。让在我康复之前不要担心自己的未来，他的意思是说关于解雇的事情，我还有弥补自己过失的机会。"

"哦，这是合理的，也是体贴的。"福尔摩斯说道，"喂，华生，我们该走了，我们得在城里忙活一整天。"

约瑟夫·哈里森先生送我们去车站，我们很快坐上了去朴茨茅斯的火车。福尔摩斯一上火车就陷入了沉思，几乎一言不发。过了克拉彭一带，他开始说话了。

"不管坐哪趟车去伦敦，都会在高处欣赏到这样的房子，真是一件让人开心的事情。"

我还以为他在开玩笑，因为这些房子都污秽不堪，他接着说道："你看，那片庞大而厚重的房子，孤零零地矗立在暗灰色的板岩上，犹如铅灰色海洋之上的砖瓦小岛。"

"是一些寄宿学校吧？"

"不，伙计，是未来灯塔！每一间里都孕育着成千上万颗智慧的种子，会造就更加美好的英国。对了，费尔普斯不会饮酒吧？"

"我想不会。"

"我也这么想，但我们得把所有的可能性都考虑进去。这个可怜的家伙的确蹚了趟浑水，可我们怎样才能把他拉上来呢？你觉得安妮是怎样的一个人？"

"性格刚烈的女孩。"

"是的，但她是一个好女孩，或许我错了。她和哥哥是一位铁器制造商仅有的两个孩子，家在诺森伯兰郡。她和费尔普斯是去年冬季旅行时订的婚，这次由哥哥陪同过来见费尔普斯的家人，不料就碰上了这麻烦事，她只好留下来照料未婚夫。哥哥觉得待在这儿也不错，很惬意，也就留了下来。你看，我已经做了一些单独调查。不过今天还得做大量的调查。"

"那我的诊所——"

"如果你觉得出诊比我的案子更有趣的话——"他带着刻薄的语气说。

"我是想说耽误一两天没事的，正好也是淡季。"

"很好！"他又变得高兴起来，"我们就一起调查这个案子吧。我想我们先从福布斯警员入手，他会提供一些我们想要的细节，以便明确侦破方向。"

"你不是说已经有线索了吗？"

"是的，可我们只有做进一步的调查才能知道它的价值。最难侦破的案件就是缺乏犯罪动机的，而这个案件犯罪动机明确，谁会从中得益呢？法国大使，俄罗斯大使，把情报卖给两国大使的人，还有霍尔德赫斯特伯爵？"

"霍尔德赫斯特伯爵？"

"是的，如果销毁文件对他有利，一位政客这么去做的可能性是存在的。"

"霍尔德赫斯特伯爵可是一位功勋显著受人仰慕的大臣啊！"

"是的，但我们不能忽略他。我们得去看看这位贵族，看看他怎么说。事实上，我已经做了一些调查。"

"已经做了？"

"是的，在沃金车站，我给伦敦每家晚报都发了电报，这则广告会出现在各家报纸上。"

他递给我一张从笔记本上撕下的纸片，上面用铅笔写着：

"5月23日晚九点四十分，有辆马车载客至查尔斯大街外交部门口或其附近，知情者请与贝克街221B号联系，提供有价值线索者，奖励十英镑。"

"你确定窃贼是坐马车来的？"

"不是也没关系，不过费尔普斯说走廊和屋里都没有藏身之处，那窃贼肯定是从外面进来的。当晚天下着雨，窃贼刚刚溜走几分钟，地毯上并没有留下脚印，说明窃贼很可能是乘马车来的。我想我们可以肯定地推断是乘马车来的。"

"有道理。"

"这是线索之一，可以给我们提供点什么。还有一点就是按铃，是该案件的重要疑团。按铃为什么会响呢？是窃贼在虚张声势？和窃贼在一起的人想阻止犯罪？还是意外碰响了？还是——？"

他又陷入了那种紧张的沉思中，据我对他的了解，这时肯定有一种新的发现或可能性在他心头闪现。

下午三点二十分我们到达了终点，匆匆吃过自助午餐，我们赶往伦敦警察局。福尔摩斯先生给福布斯警员发过电报，他已经在那等我们了。福布斯警员个儿不高，狡猾而机警，态度并不友好。他对我们的到来很漠然，得知我们的来意时更显冷漠。

"我听说过你的方法，福尔摩斯先生，"福布斯尖刻地说道，"你惯于用警察提供给你的情报和线索去破案，然后给警察脸上摸黑！"

"不，我过去所侦破的五十三个案子，只有四个署了我的名，其他四十九个的功劳都给了警察。不知道这些我不怪你，因为你还年轻，也没有太多的经验。如果你想在工作中有所建树，你该和我合作而不是排斥。"

"很高兴你能指点指点，"这位警探态度有所改变，"这个案件我的确一筹莫展。"

"你做了哪些调查？"

"我们监视看门人探盖，但没发现可疑之处，他离开警卫队时也没有不良记录。他妻子可不怎么好，我想她对这件事的了解要比表面上多得多。"

"监视她了吗？"

"我们派了一位女警跟踪她。探盖太太喜欢喝酒，我们的女警乘她高兴时一起喝过两次酒，可没得到任何线索。"

"我听说有位生意人到过她家要账？"

"是的，他们还清了。"

"他们从哪来的钱？"

"这点没有问题，他的年金发了，没有迹象表明他们有其他资金。"

"费尔普斯按铃要咖啡，她去了，而不是她的丈夫，这点她怎么解释的？"

"她说丈夫很累，她想替丈夫分担一点。"

"哦，能解释得通，因为随后发现她丈夫在椅子上睡着了。除了探盖太太的性格外，并没有可疑的地方。你有没有问那晚她为什么匆匆离开？当时她行色匆匆可引起了巡警的注意。"

"她说那晚走得比平时晚，想早点赶回家。"

"你和费尔普斯至少在她离开后二十分钟才出发，却先到了她家，她怎么解释的？"

"她说我们乘坐的马车比她坐的公共车快。"

"她有没有解释为什么到家后又跑到厨房去了？"

"她说准备清偿欠款的钱放在厨房。"

"每一个问题她都有合理的解释。你有没有问她，在她离开时有没有撞见什么人或看到有人在查尔斯大街上晃荡？"

"她只看到过一位巡警。"

"看来你对她进行了全面深刻的调查。除此之外，你还采取了哪些措施？"

"九周来我们一直监视职员哥让特，可没任何线索，也没发现任何可疑之处。"

"就做了这些？"

"是的，我们能做的就这些，没有任何其他线索。"

"当时为什么会有人按铃，你是怎么想的？"

"哦，恕我直言，我也很困惑。不管是谁，胆也够大的，来偷窃还敢按警铃。"

"是的，的确很奇怪。非常感谢你能告诉我这些。如果这个案子有了结果，我会通知你去抓这个窃贼的。我们走吧，华生。"

"现在去哪儿？"离开福布斯警员办公室时我问道。

"我们去见见霍尔德赫斯特伯爵，这位内阁大臣，未来的英国首相。"

很幸运，霍尔德赫斯特伯爵正好还在唐宁街的办公室。递上名片，伯爵马上召见了我们。伯爵以他古老而传统的方式接待了我们，请我们坐在两边都有壁炉的豪华沙发上。伯爵站在中间的地毯上，身材修长，棱角分明，卷曲的头发已经略带灰色。这是一位真正的贵族，很有涵养。

"久闻你的大名，福尔摩斯先生。"他微笑着说，"当然了，我不能假装不明白你的来意。这个部门只有一件事会引起你的关注，可不可以问你是受谁的委托来的？"

"珀西·费尔普斯。"福尔摩斯说道。

"哎，我那不幸的外甥。你知道，由于我们之间的这种亲戚关系，我不可能护着他。我担心这件事会给他的职业生涯带来不利影响。"

"如果找到了那份文件呢？"

"哦，当然就会不同了。"

"霍尔德赫斯特伯爵，我有几个问题想问问你。"

"很乐意尽我所能给你提供有关信息。"

"是在你的办公室指示费尔普斯抄写文件吗？"

"是的。"

"那就几乎不可能被窃听吗？"

"绝对不可能。"

"你是否给别人提起过准备让某人抄写那份文件？"

"从来没有。"

"你确信？"

"确信！"

"好的，既然你没有提起过，费尔普斯也没有告诉过任何人，也就是说再没有其他人知道这件事，那么窃贼应该是偶然到了办公室，一看有机会就拿走了那份文件。"

"这已是我职权之外的事了。"这位政治家微笑着说。

福尔摩斯想了想说："还有很重要的一点我想和你探讨。我想你一定很担心这份协议的内容一旦泄露所带来的严重后果？"

"后果的确很严重。"政治家富含表情的脸上掠过一丝阴影。

"发生严重后果了吗？"

"目前没有。"

"假如说法国或俄罗斯外交部获得了这份文件，你应该能听到一些消息吧？"

"应该可以。"霍尔德赫斯特伯爵面露苦色。

"已经过了将近十周时间，没有听到任何消息，我们可以推断由于某种原因，这份文件还没有落到他们手里。"

霍尔德赫斯特伯爵耸了耸肩说："我们没有理由认为窃贼只是为了把文件收藏起来。"

"或许他在等，想卖个好价钱。"

"他如果再等等就一文不值了，因为过几个月这份文件就公开了。"

"这点很重要。当然还有一种可能就是，窃贼突然病倒了——"

"比如说脑炎？"政治家快速地扫了福尔摩斯一眼问道。

"我可没这么说，"福尔摩斯平静地说，"霍尔德赫斯特伯爵，我们已经占用了你大量的宝贵时间，该和你说再见了。"

霍尔德赫斯特伯爵把我们送到门口，礼貌地鞠了一躬说道："但愿你的调查有一个结果，不管罪犯是谁。"

"是位有品位的人。"我们走出白厅时福尔摩斯先生说道，"要保住自己的地位还有很长的路要走。他并不富有，开销颇大。你应该注意到他的皮靴底子是换过的。好了，华生，我不想再耽误你的正事了，今天我也没什么可做的了，除了等待登出广告的回音。但我非常希望明天你能和我一起乘坐昨天那趟去沃金的火车。"

第二天早上，我们一起坐上了去沃金的火车。他说登出的广告没有音信，也没有新的线索。他故意使自己的表情看起来像印第安人，让人揣摩不透他对这个案件的进展是否满意。我记得他谈论的话题是关于法国犯罪学家贝迪永的破案手段，并表现出对这位专家的仰慕之情。

我们的当事人还处在护理的精心照料之下，不过看起来比先前好多了。我们进去的时候，他轻松地从沙发上坐起来以示欢迎。

"有没有消息？"他迫不及待地问道。

"和我预想的一样，并没有带来好消息。"福尔摩斯说，"我们见过了福布斯警员和你的舅父，也调查了一些可能对我们有用的线索。"

"那你没有放弃？"

"当然没有！"

"上帝保佑你！"安妮说，"如果我们不失去勇气和耐心，肯定会查个水落石出！"

"我们有更多的消息要告诉你。"费尔普斯坐回到沙发上。

"希望你有新的发现。"

"是的，昨天晚上我们经历了一场奇遇，非常可怕的一件事情。"他说的时候表情严肃，眼睛里流露出一种近乎恐惧的神情，"你知道吗，我处在一个巨大阴谋的无形掌握之中，我的生命和荣誉受到威胁。"

"啊？"福尔摩斯叫道。

"这真难以置信！迄今为止，在这个世界上我并没有树敌。但昨天夜里的经历让我得不出其他的结论。"

"请继续讲。"

"你知道，昨天晚上是出事以来我第一次一个人睡觉。我感觉好多了就没让护士陪伴，但灯一直亮着。凌晨两点左右，我迷迷糊糊地睡着了。突然轻轻的声音把我惊醒了，就像老鼠咬地板的声音。我躺着静静地听了一会儿，觉得肯定就是老鼠的声音。声音渐渐地变大，突然，窗户那边传来刺耳的金属刮擦的声音。我一惊坐了起来，明白了是什么声音。先前的声音应该是有人把工具切入窗扇撬击的声音，后来是拉开窗闩的声音。

"静止了约有十分钟，有人似乎在察看刚才的声音是否惊醒了我。然后听到窗户慢慢开启的轻轻的吱嘎声。我再也不能坐视不管，因为我的神经状态不比以前了。我从床上跳起来，冲过去一把拉开了百叶窗。有个人蹲在窗口！我还没来得及看清楚，那人就闪电般地溜了。脸的下部用类似斗篷之类的东西蒙着，但我可以确定的一点，就是他手里有凶器，应该是一把长刀，因为他转身逃走时，我清楚地看到了一道寒光。"

"这点非常有价值，"福尔摩斯说，"请告诉我之后你怎么做了？"

"要是身体好点，我就跳下窗追过去了；可我只能按铃叫醒他们了。按铃在厨房，而侍者都在楼上，这期间花了一点时间。我大声喊叫，可只有约瑟夫下楼，他叫醒了其他人。约瑟夫和马夫在窗外的花坛上发现了脚印，但最近气候异常干燥，很难在草坪上追踪到其他的足迹。但在靠近马路的篱笆墙上，发现了一点迹象。他们告诉我，似乎有人从那边翻越过来时把上面的护栏弄断了。这一切我没有报告给当地警局，因为我想先听听你的意见。"

我们当事人的传奇经历似乎对福尔摩斯产生了巨大的震撼。他从座位上站起来，在屋里走来走去，兴奋之情溢于言表。

"真是祸不单行啊。"费尔普斯微笑着说，显然这次奇遇对他也有所震撼。

"看来你真担着一份危险，"福尔摩斯说，"能不能和我一起到院子里走走？"

"好的，我正好可以晒晒太阳。约瑟夫和我们一起去吧。"

"我也要去！"安妮说。

"我想不行，"福尔摩斯先生摇头说道，"我要求你坐在原地别离开。"

安妮很不情愿地坐回原位，而她哥哥和我们一起出了门。我们四人沿着草坪走到这位年轻外交官的窗前。正如他所说，窗外的花坛上确实留有脚印，可是十分模糊。福尔摩斯弯下腰看了看，直起身子耸了耸肩。

"我想任何人都不会从这些脚印上找出有价值的东西，我们到房子周围走走，看看盗贼为什么选择这间屋子。我想客厅和餐厅的窗户更大一点，盗贼更容易下手。"

"从马路上很容易看到这边。"约瑟夫解释说。

"哦，是的，当然了。这儿有道门，他也可以试着进来。这门是干什么用的？"

"这是道边门，平时小商贩出入，当然在晚上就锁起来了。"

"你以前有过这样的经历吗？"

"从来没有过。"我们的当事人说道。

"你房间里有没有诸如金碗银盘之类吸引窃贼的有价值的东西？"

"没什么值钱的。"

福尔摩斯手插在兜里，在房子周围走来走去，脸上出现了一副从未有过的漫不经心的表情。

他转向约瑟夫说："你说过有一处窃贼翻越篱笆墙时弄断的痕迹，我们去看看。"

这位胖墩墩的年轻人把我们领过去。有一处地方的护栏顶部有所断裂，有一小块木条还悬垂在那。福尔摩斯把它摘下来仔细地看了看。

"你认为是昨晚弄断的？断痕有点陈旧，不是吗？"

"哦，或许吧。"

"没有迹象表明有人从这儿翻越过来。我想这里找不出有价值的线索，我们回到卧室商量商量吧。"

约瑟夫搀扶着他未来的妹夫，走得很慢。我跟着福尔摩斯快步穿过草坪，来到卧室大开着的窗前。他俩还要一会才能走到我们这儿。

"安妮，"福尔摩斯用非常严肃的口气说，"你必须整天都待在这里，不管发生什么事情，你都不能离开你所在的房间！这非常关键！"

"福尔摩斯先生，你让我这么做，我一定做到！"安妮回答道，显得很惊讶。

"你睡觉的时候，把这间卧室的门从外面锁上，拿上钥匙，答应我！"

"那费尔普斯呢？"

"他和我们去伦敦。"

"我留在这儿？"

"这是为他好，这样你可以帮他，快！答应我！"

她很快点头答应了，这时费尔普斯和约瑟夫走了过来。

"安妮，你愁眉苦脸地坐那干什么！下来晒晒太阳啊！"

"不，谢谢你，约瑟夫，我有点头疼，屋子里很凉快，待着舒服点。"

"福尔摩斯先生，你现在打算怎么办？"我们的当事人问道。

"在调查这件小事的同时，我们不能忘了我们的主要调查任务。我想你要是能和我们一起去伦敦，会对我有很大的帮助。"

"马上去？"

"嗯，你准备好了就去，一个小时？"

"我感觉身体好多了，如果你觉得有帮助我就去。"

"很可能帮大忙。"

"今晚我是不是要留在伦敦？"

"我正想说呢。"

"哦，如果昨晚的朋友又来拜访我，会发现猎物飞走了。我们都在你的掌控之中，福尔摩斯先生，告诉我们你具体怎么做。或许你希望约瑟夫和你们一起去照顾我。"

"哦，不用，你知道华生是医生，他可以照顾你。如果你同意，我们就在这吃午饭，然后咱们三人一起去伦敦。"

一切都按照福尔摩斯的安排进行。安妮遵照福尔摩斯的要求，找借口没有离开卧室。我猜想不到我朋友这样安排的目的，只看明白了他是要安妮和费尔普斯不要待在一起。费尔普斯和我们一起在餐厅吃午饭，因为身体状况好转，加上即将要采取一些行动了，显得很高兴。

到达车站时，福尔摩斯的举动让我们大吃一惊。他把我和费尔普斯送上车之后，平静地说他不打算离开沃金了。

"离开沃金前，还有一两件小事我得处理一下，"他说，"费尔普斯先生，你离开沃金在某种程度上是在帮我。华生，一定听我的，到伦敦后，和我们的朋友一起马上坐车到贝克街的房子里去，一起待在那儿等我回来。幸好你们是老校友，一定有许多话要说。费尔普斯先生就住在那间空着的卧室里。明天早上有趟火车八点到达滑铁卢车站，我准时回来和你们一起吃早餐。"

"那我们在伦敦的调查呢？"费尔普斯垂头丧气地问道。

"我们明天再去调查，我想今天我留在这儿更有用。"

"到了布里尔布雷，你告诉他们我明天晚上回去。"就在火车开动的时候，费尔普斯大声喊道。

"我没打算去布里尔布雷。"火车驶出站台时，福尔摩斯得意扬扬地和我们挥手道别。

在途中，我们不断地讨论福尔摩斯的举动，但谁也不能对这一行动给出满意的解释。

"我想他可能想找出关于昨晚那个窃贼的一些线索。如果是个窃贼，我想不是普通的小偷，你认为呢？"

"我的看法你可能认为，是我神经衰弱或过于敏感。我觉得自己处在一个巨大的政治阴谋里，我隐隐感觉到阴谋家想取我的性命，听起来可能有点夸张和荒唐。可想想这些事实！为什么一个盗贼没有任何希望得到值钱的东西却来撬我卧室的窗户？为什么还拿着一把长刀？"

"你肯定那不是小偷用的撬棍？"

"唉，不是啊，我清楚地看到刀刃发出的寒光了。"

"有人这样对你穷追不舍，到底是为什么？"

"唉，问题就在这儿。"

"是啊。如果福尔摩斯也这么认为，那我们就可以理解他的行动了。假如你的推理是正确的，如果福尔摩斯能抓到昨晚对你构成威胁的人，那么就离找到窃走海军协议的人就不远了。很难想象你有两个敌人，一个窃走了你的文件，一个威胁你的生命安全。"

"但福尔摩斯说他不去布里尔布雷。"

"我认识他有一段时间了，我知道他做每一件事情都有自己的目的。"说着我们的谈话转移到其他的话题上来。

对我来说这是比较郁闷的一天。长时间病痛之后，费尔普斯依旧很虚弱，这场不幸使他变得神经紧张，变化无常。我竭力想带他走出情绪的低谷，给他讲阿富汗的事情，讲印度的趣闻以及一些社会问题，但这一切都无济于事。他总是回到他那丢失的海军协议上，思前想后，做一系列猜想、假设，在想福尔摩斯正在做什么，霍尔德赫斯特伯爵采取了哪些行动，第二天早上我们会得到怎样的消息，等等。傍晚时分，他那兴奋的心情变得十分沮丧。

"你是不是盲目地相信福尔摩斯？"他问我。

"我目睹了他出色的办案能力。"

"有没有其他的案件像这起一样看不见一点曙光？"

"哦，有的，我知道有些案件显示的线索比你的案子少多了，可他还是成功侦破了。"

"但案情没有我这个案子严重吧？"

"我不知道，但据我所知，他曾经代理过事关欧洲三个王室的重大案件。"

"你对他是比较了解的，你觉得这个案件有希望吗？他能成功侦破吗？他是这样的深不可测，我一点也不了解他。"

"他什么也没说过。"

"这是个不好的征兆。"

"不，我注意到过，如果线索断了他会说出来，如果他有一点线索而又不是十分有把握时，他就一言不发。伙计，我们这样思前想后，焦虑不安对案件不会起到任何作用，我们索性上床休息吧，以饱满的精神迎接明天的到来吧。"

好不容易才说服了我的朋友上床休息，但我知道他激动的心情很难入睡。他的情绪感染了我，我辗转反侧，难以入眠，翻来覆去地想福尔摩斯先生奇怪的行动，想了无数种假设又一一推翻了。福尔摩斯先生为什么要留在沃金？为什么要安妮整天待在那间病房？为什么要处心积虑地不让布里尔布雷房间里的人知道他留在了沃金？我绞尽脑汁地在寻找一个能解释这一切的答案，不知不觉中睡着了。

我醒来已经七点钟了，赶紧去了费尔普斯的房间。他一夜未眠，一脸疲惫。一

开口就问福尔摩斯回来了没。

"他会准时回来的，不会有差错。"

我说对了，八点刚过，一辆马车在门口停下，我的朋友下了马车。站在窗前，我们看到他左手用绷带扎着，脸色苍白，表情严肃。进屋后，过了一会他才走上楼来。

"他看上去很沮丧。"费尔普斯说道。

我也有同感："或许在伦敦能发现线索。"

费尔普斯痛苦地叹了口气说："我不知道会是什么情况，可我抱着太大的希望一直等待他回来。不知发生了什么，他的手昨天可没有缠绷带。"

"福尔摩斯先生，你没受伤吧？"我朋友进来时我问道。

"嗨，是我笨手笨脚地不小心擦伤了。"他说着点头向我们问好，"费尔普斯先生，你的案件是我调查过的最神秘案件之一。"

"我想是不是也难住你了？"

"这是一次不同寻常的经历。"

"你手上的绷带说明你肯定冒险了，告诉我们发生了什么。"我说。

"亲爱的华生，吃完早餐吧。别忘了，今天早上我从萨里赶了三十英里的路了。我想大概没有关于那则广告的消息吧？算了，我们不能期望一切都一帆风顺。"

桌子收拾好了，就等我叫哈德森太太送来茶点和咖啡了。过了几分钟，三份早餐送上来了。我们坐到桌前，福尔摩斯先生狼吞虎咽地吃起来了，我觉得有点好奇，而费尔普斯则在一旁十分沮丧地坐着。

"哈德森太太善于应变。"福尔摩斯打开面前的咖喱鸡饭盒盖说，"她的厨艺水平有限，可像苏格兰女人一样，做早餐的点子很多，华生，你面前是什么好吃的？"

"火腿蛋。"

"很好，费尔普斯你想吃点什么？咖喱鸡饭？火腿蛋？还是就吃你的那份？"

"谢谢你，可我什么都吃不下。"

"嗨，吃点，尝尝你的那份。"

"谢谢，可我真不想吃。"

　　"哦，好的，"福尔摩斯说着，神秘地眨眨眼，"不过，我想你不会执意拒绝我的一片好心吧？"

　　费尔普斯打开了面前的饭盒盖，发出一声尖叫，坐在那眼睛发直，脸色苍白，犹如面前的白瓷盘子。盘子的中央放着一卷有点发灰的浅蓝色纸卷。他一把抓起来，眼睛死死地盯着，然后揣在怀里，在屋里发疯般地跳来跳去，高兴地尖叫着。突然身体往后一倒，躺在了椅子上。由于过度激动，变得软弱无力，精疲力竭。我们只好给他灌点白兰地，以防晕厥过去。

　　"好啦，好啦！"福尔摩斯轻轻地拍着费尔普斯的肩膀安慰道，"真不该以这样的方式呈现在你面前，不过，华生知道，有时我喜欢使事情有点戏剧性。"

　　费尔普斯抓住福尔摩斯的手亲吻着大声叫道："上帝保佑你！是你挽救了我的荣誉！"

　　"哦，我也在维护我的声誉，如果这个案件侦破不了，我的声誉和你的一样因为没有完成工作而毁于一旦！"

　　费尔普斯抓过那份珍贵的文件，装进贴身的上衣口袋里。

　　"我不忍心打扰你吃早餐，可我迫不及待地想知道你是怎么找到的，在哪儿找见的！"

　　福尔摩斯喝了杯咖啡，吃完火腿蛋，站起身来，点燃烟斗，又坐回到自己的椅子上。

　　"我告诉你们我先做了什么，后来又是怎么找到的。"福尔摩斯说，"在车站和你们分手之后，我悠闲地散了散步，经过风景优美的萨里，来到一个叫黎普列的小镇，在那儿的一个小酒馆吃完茶点，做了点简单准备：水壶里灌满水，兜里装了块三明治。然后我一直等到傍晚才去沃金，太阳刚落山，我到了布里尔布雷屋前的公路上。

　　"在那我一直等到马路上没有车辆经过时——我想那儿可能很少有车辆经过——才翻过篱笆，进了院子。"

　　"大门应该是开着的啊……"费尔普斯突然插了一句。

　　"是的，可我总是喜欢这样做。我选择了一个有三棵冷杉树的地方，因为在它的遮掩下，房间里的人不可能看到我。我就趴在旁边的灌木林里，从一棵树下爬到另一棵树下——看，我裤子的膝盖部都破烂不堪了——一直爬到你卧室窗户对面的

杜鹃花丛里。我蹲在那儿等待事情的发展。

"房间里的百叶窗没有拉下来，我可以看到安妮坐在桌前看书。十点一刻，她合上书，关上百叶窗，走出卧室。

"我听到她关上门，把钥匙插进锁孔里把门锁上了。"

"钥匙？"费尔普斯突然问。

"是的，我告诉过她在她睡觉前一定从外面把门锁上，然后带上钥匙。她完全按照我的指令做了。可以肯定的是，要不是她的密切配合，那份文件现在还到不了你兜里。她关灯走了，我依然蹲守在杜鹃花丛里。

"夜色不错，可依然是难熬的蹲点。当然也有猎人等待猎物出现时的那种兴奋。等待很漫长，华生，就像咱俩在追查'带斑点的带子'案件时在那死一般沉寂的房间里蹲守一样。我听到教堂里的钟声一次又一次地敲响，我不止一次地想，或许今晚什么事情也不会发生了。后来大约凌晨两点，突然听到门闩轻轻拉开的声音，然后是钥匙转动的声音。过了一会，仆人出入的那道门开了，约瑟夫·哈里森先生步入月色之中。"

"约瑟夫！"费尔普斯惊叫道。

"他没有戴帽子，肩上披着一件黑色的斗篷，以便万一遇到紧急情况时可以拉起遮住脸。他蹑手蹑脚地顺着墙根走，走到卧室的窗前，拿出一把长刀，切入窗框，拉开了窗闩，然后把长刀插到百叶窗缝隙里，撬开了窗户。

"在我的位置可以清楚地看到屋内每个角落和他的每一个动作。他点燃了壁炉台上的两支蜡烛，随后揭开靠近门口墙角的地毯，弯下腰拿起一条方形木块，这木块一般是准备给管道工修理煤气接口时用的。木块盖在通往楼下厨房供气管道的T形接口处。他从这处隐蔽的地方抽出一小卷纸，然后放好木块，铺上地毯，吹灭蜡烛，径直朝窗户这边走来。我就在窗外守候着，逮了个正着。

"约瑟夫先生比我想象的凶残得多。他挥舞着长刀向我扑来，我只好再次去制服他。在我占上风之前，我的指关节被刀划伤了。制服他之后，他眼里依然只有杀气，但他听了我的劝说，把文件交给了我。拿到文件后我放他走了。今天早上我给福布斯警员发了封电报，告知他该案的详情。

"如果他动作够快，抓住就好了。但是如果像我预料的那样，当警察赶到时已是人去楼空，对当局也未尝不是一件好事，至少霍尔德赫斯特伯爵和费尔普斯不愿意看到治安法庭审理此案。"

"我的天哪！"我们的委托人叫道，"难道你是说在这痛苦不堪的漫长的九周时间里，被盗的文件就在我房间里？"

"是这样的。"

"约瑟夫！暴徒！窃贼！"

"是啊，恐怕约瑟夫要比他看上去阴险得多，也危险得多。从今天凌晨他的谈话中我得知，他在证券交易中损失惨重，他想不惜一切代价聚敛财富。他非常自私，如此天赐良机，他才不管妹妹的幸福和你的声誉。"

费尔普斯坐回椅子说："我有点晕，你的话让我天旋地转。"

福尔摩斯以他惯有的说教方式说："你这个案子最大的困难就在于线索太多。重要的线索被一些无关紧要的线索所迷惑。所有的事实摆在面前，我们必须理出最重要的线索，然后排序，重新建构事件的主要链条。当你提到那晚准备和约瑟夫一起回家时，我就开始怀疑他了。他对外交部路线比较熟悉，很有可能顺路过来找你一起走。当你谈到那晚有人试图潜入你的卧室时，我更加确信我的判断。因为只有约瑟夫有可能在你的卧室藏有东西——你曾提到过那晚上你和医生回到家时是怎样腾出那间卧室的。尤其在你没有护理陪同的第一个晚上，有一位不速之客来光顾，这说明窃贼对房间的情况了如指掌。"

"我真是缺乏判断力！"

"整个案件我想应该是这样发生的：这位约瑟夫·哈里森是从临查尔斯大街的侧门进去的，由于熟悉路线就径直去了你的办公室，而你碰巧刚刚离开。发现房间里没人，他就马上按铃了。就在按铃的瞬间，他看到桌上的文件。扫了一眼文件，是非常有价值的国家文件！机会从天而降，他把文件塞进口袋迅速离开。你应该记得，从你离开办公室到睡觉的看门人提醒你按铃的事，这之间有几分钟的时间，足够窃贼逃离现场。

"他乘坐第一趟火车去了沃金，仔细研究了战利品，确信价值连城，就把它藏在一个自己认为非常安全的地方，准备过一两天拿出来卖给俄罗斯大使或者他认为能够出高价的人。你却突然回来了，没有任何预兆，他被撵出了自己的房间。之后房间里一直至少有两个人，使得他无法再取回自己的宝贝东西。这种情形一定使他发狂！最终他认为机会来了，试图窃走，可是你醒着，他的行动失败了。你应该记得那天晚上你没有服用平时吃的药吧？"

"是的，没有服用。"

"我想他可能在药里做了手脚，加大药效，认为你肯定昏迷不醒。当然我敢肯定，一有机会，他肯定还会去拿。你离开房间给了他绝好的机会。我让安妮一直待在房间里是怕约瑟夫乘大家不在时就下手。当他认为机会来了，没有危险的时候，殊不知我却在外面一直监视着他。我已经知道文件可能就藏在那间卧室里，可我不愿意翻开地板和裙料去找，而是让他自己从隐藏之处取出来，省得我很麻烦。还有哪一点不明白？"

"第一次他为什么要撬窗户进去？他可以从门里直接进去啊。"我问道。

"从门里进去他要经过七个房门，而他通过撬窗可以轻而易举地来到草坪上。还有吗？"

"你认为他没有任何谋杀的念头？那把长刀仅仅是撬窗的工具？"费尔普斯问道。

"或许是吧。"福尔摩斯耸了耸肩说，"但有一点我可以肯定，约瑟夫·哈里森先生绝不是一个仁慈善良的绅士。"

（杨晖　译）

最后一案

　　我怀着十分沉痛的心情提笔写下这"最后一案"，将我的朋友夏洛克·福尔摩斯的卓越才能呈现在读者面前。从初次把我们结合在一起的"血字的研究"到他介入的"海军协定"，虽然写得断断续续，而且我也明显感到不尽如人意，但我一直在用我的绵薄之力把我和他奇异的经历记录下来。我本来只想写到"海军协定"一案为止，再也不想提那件使我一生感到惆怅的案子，然而，两年的时间过去了，这种惆怅之情依旧。最近詹姆斯·莫里亚蒂上校公开发表了几封信，为他已故的兄弟辩护。我没有选择余地，只能将事实真相公之于世。据我所知，报纸上对此事做过三次报道：第一次见于1891年5月6日《日内瓦杂志》，第二次见于1891年5月7日英国各报刊载的路透社电讯，第三次就是我上面提及的最近才发表的几封信。前两次的报道都过分简略，但最后一次完全是被扭曲了的真相。所以，将莫里亚蒂教授和夏洛克·福尔摩斯之间发生的事实真相公之于众是我的责任。

　　读者可能还依稀记得，自从我结婚及婚后开业行医以来，福尔摩斯和我之间极为亲密的关系与先前相比明显变得疏远了。当他在调查中需要助手时依旧来找我，但这种情况很少了。我发现，在1890年我只记载了三件案子。那年冬天和1891年初春，我读报得知福尔摩斯受法国政府之托承办一件重要的案子。后来我收到福尔摩斯两封信，一封是从纳尔榜来的，另一封是从尼姆发来的，据此我推断他定要在法国逗留一段时间。然而，令我惊讶的是1891年4月24日晚上，他突然来到我的诊室，他看来比平时苍白和消瘦许多。

"没错，近来我把自己搞得很疲劳。"他看到我的神情，不待我发问便抢先说道，"最近我有点吃不消。你介意我关上百叶窗吗？"

我那摆在桌上的、用以阅读的灯是室内仅有的光亮，福尔摩斯有些谨慎地顺墙边走过去，关上两扇百叶窗，插紧插销。

"你不会是在怕什么东西吧？"我问道。

"对，我害怕。"

"怕什么？"

"怕遭到气枪袭击。"

"我亲爱的福尔摩斯，你怎么了？"

"我想你是非常了解我的，华生，我一向不是胆小怕事的人，但是如果一个人大难临头还嘴硬，那他就是有勇无谋之辈了。给我一根火柴好吗？"福尔摩斯抽着烟，表现出仿佛很喜欢香烟的镇定作用似的。

"深夜来打扰你我非常抱歉，"福尔摩斯说道，"还有一事相求，希望你能破例允许我现在从你的花园翻墙出去，离开你的住所。"

"可是这一切究竟是怎么回事？"我问道。

他伸出手，借着灯光我看见他两个指关节受了伤，正在往外流血。

"你看，这并非是虚假的吧，"福尔摩斯笑道，"这是完全真实的，甚至可以把人的手弄断呢。尊夫人在家吗？"

"她外出访友去了。"

"只剩你一个人，太好了。"

"是的。"

"我想请你陪我到欧洲大陆去做一周旅行。"

"到哪里去呢？"

"啊，什么地方都可以，我无所谓。"

太令人难以置信了，福尔摩斯从来不喜欢毫无目的地度什么假。我从他那苍白憔悴的面容中看出他的神经极度紧张。福尔摩斯从我的眼神中看出了我的疑惑，于是便把两手手指交叉在一起，胳膊肘支在膝上，做了解释。

"你可能从没听说过有个莫里亚蒂教授吧？"他说道。

"是的。"

"啊，大千世界无奇不有啊！"福尔摩斯大声说道，"这个人的势力遍及整个伦敦，却没一个人听说过他。正因为如此，他的犯罪记录达到了登峰造极的地步。说真的，华生，如果我能打败他，如果我能为社会除掉他这个祸害，那么我就会觉得我的事业也达到峰巅了。有件事不要给外人讲，近来我为斯堪的那维亚皇室和法兰西共和国办的那几件案子，给我提供了一个极好的机会，使我能过上一种我所喜爱的安宁生活，并且能集中精力从事我的化学研究工作。但是，华生，当我想到像莫里亚蒂教授这样的人还在伦敦街头为所欲为，我就无法安心地静坐在安乐椅中悠闲自得了。"

"那么，他有什么恶行？"

"他可不是等闲之辈。他出身大家庭，受过高等教育，有数学天赋。二十一岁那年他发表了一篇关于二项式定理的论文，曾在欧洲闻名一时。他借机在一些小学院里获得了数学教授的职位，而且他的前程显然也是美好的。但他又继承了他先世的凶残本性。他血液中的罪恶成分不但没有减轻，反而因他那超人的智商而变本加厉。大学区也流传着他的一些劣迹，最终他被迫辞去教授职务，来到了伦敦，想当一名军事教练。关于他的情况，人们只知道这些。我下面要告诉你的是我自己了解的情况。

"华生，你是知道的，我对伦敦那些高级犯罪活动了如指掌。这些年，我一直感觉那些犯罪分子背后潜藏着一股阴险的势力，他们在与法律作对，庇护着那些为非作歹之徒。我所办理的案件，各种各样——伪造案、抢劫案、凶杀案——使我感到这股恶势力越来越强，我运用推理方法发现了这股势力在一些尚未破获的犯罪案件中的活动，虽然这些案子并未邀我承办，但多年来我一直想方设法去揭开掩蔽这股势力的黑幕，这一时刻终于让我等到了。我抓住线索，跟踪追击，经过上百次的曲折才找到了那位数学名流、退职教授——莫里亚蒂。

"他是罪犯中的拿破仑，华生。伦敦的犯罪活动有一半是他在操纵的，几乎所有未被侦破的犯罪活动都是他干的。他是个奇才，一个深奥的哲学家和思想家。他具有一流的头脑。他像一只蜘蛛蛰伏于蛛网的中心，静观一切，对蛛网的每一丝每一缕的震动都了如指掌。他很少亲自动手，只是出谋划策。他的手下众多，组织严密。可以说，如果有人要作案，要盗窃文件，要抢劫一户人家，要暗杀某一个人，只要传给教授一句话，马上就会有人去周密地组织犯罪活动，付诸实施。即使他的手下被捕，他也能用钱把他们保释出来，或为他们进行辩护。可是指挥这些党羽的主犯却一直逍遥法外，从来也没被怀疑过。这就是我推断出的他们的组织情况，华生，我一直在全力揭露和破获这一组织。

　　"可是，这位教授周围的防范措施极其严密，策划得狡诈异常，尽管我绞尽脑汁，目前还不能获得可以将他绳之以法的罪证。华生，你知道我的能力，可是经过三个月的努力，我不得不承认，至少他的智力是与我相当的。我对他的罪行的厌恶，竟然抵不上我对他本事的钦佩。终于他出了个纰漏，一个很小很小的纰漏，不过，在我把他盯得这么紧的时候，这点纰漏也是不应该的。我既已抓住机会，便从这个小漏洞开始，到现在我已在他周围布下天罗地网，一切安排妥当，只等收网了。再过三天，也就是下星期一，时机就成熟了，教授和他那一伙人就要全部落入警察之手。那时就会进行本世纪以来规模最庞大的审判，破获四十多件悬而未结的疑案，把他们全部判处绞刑。可是，如果我们的行动稍有不慎，他们即使在最后关头也会逃脱的。

　　"唉，如果能把这件事做得很周密，使莫里亚蒂教授毫无觉察，那就万事皆顺

了。不过莫里亚蒂实在狡诈，我在他周围设的每一步网，都被他一次又一次地破网而逃，但又被我一次又一次地阻截了。我告诉你，我的朋友，如果把我和他暗斗的每一回合都详细地记录下来，那是能以辉煌的一页载入明枪暗箭的侦探史册的。我是第一次达到这样的顶峰，也是第一次被对手逼得这样紧。他干得极有效，而我刚好超过他。今天早晨我已经完成了最后的部署，只需三天就能结案。我正坐在室内全盘考虑这件事时，房门突然打开了，莫里亚蒂教授出现在我面前。

"我的神经已经够坚强了，华生，不过我必须承认，在我看到那个使我耿耿于怀的人站在门槛时，也不免吃了一惊。我对他的容貌太熟悉了，他非常高，身体瘦削，前额隆起，双目深陷，脸刮得很光，面色苍白，有点像苦行僧，但依旧保持着某种教授风度。他的背因过多的学习与劳累有些佝偻，探头探脑的样子古怪而又猥琐。他眯缝着双眼，十分好奇地打量着我。

"'你的额头并不像我所想象的那样发达，先生，'他终于说道，'摆弄睡衣口袋里的已经上膛的手枪，是一个危险的习惯。'

"事情是这样的，在他进来时，我立即意识到我生命面临巨大的威胁，对他而言，唯一的脱身之计就是杀我灭口。所以，我急忙从抽屉里抓起手枪悄悄塞进睡衣口袋里，并隔着衣服对准了他。一经他点破，我立即把手枪拿出来，把机头张开，放到桌上。他依然满面笑容，眯着双眼，可是我从他的眼神中发现了凶光。我为自己手头有枪而暗自庆幸。

"'你显然不是非常了解我。'他说道。

"'你错了，'我答道，'我认为我对你了解得一清二楚，请坐，我可以给你五分钟，有话就说吧。'

"'我想说的，你早就明白了。'他说道。

"'那么说，我的回答你也早已料到了？'我回答道。

"'你不肯让步吗？'

"'绝不！'

"他猛地把手插进口袋，我迅速拿起桌上的手枪。但他只掏出一本备忘录，上面潦草地写着一些日期。

"'1月4日你阻碍过我的行动，'他说道，'23日你又妨碍了我；2月中旬你给我找了很大麻烦；3月底你彻底破坏了我的计划；4月将尽时，我发现，因你不断跟我

作对，找我的麻烦，我很可能有丧失自由的危险。事情已经到了忍无可忍的地步。'

"'你有什么打算吗？'我问道。

"'你必须住手，福尔摩斯先生！'他晃着脑袋说道，'你应该明白你必须住手。'

"'过星期一再说。'我说道。

"'啧，啧！'他说道，'我确信，聪明的你会明白这件事只有一个结局，那就是你必须撒手。如果你做得太绝，我们只有一招。看到你把事情破坏成这个样子，这对我来说简直是智力游戏。我坦率地告诉你，如果我被逼迫而采取任何极端措施，那会是令人非常伤心的。你尽管笑吧，先生，可是我向你保证如果是这样，那简直是不可收拾的。'

"'干我们这行危险是难免的。'我说道。

"'这不仅是危险，'他说道，'而是一场毁灭。你所面对的不仅仅是一个人，而是一个强大的组织，虽说你机智过人，但还是没有充分意识到这个组织的厉害。福尔摩斯先生，你要是聪明就少管闲事，否则就性命不保。'

"我站起身来说道：'我想，我们谈得太久会影响我去办其他重要的事务。'

"他也站起身来，凝望着我，难过似的摇摇头。

"'好吧，'他终于说道，'很可惜，但我已竭尽所能了。你的小把戏我看得一清二楚，星期一之前你无计可施，这场决斗不是你死就是我亡。我告诉你，想把我送上被告席是痴心妄想。你想打败我和毁灭我，你一定不会逃脱死亡的命运。'

"'承蒙你夸奖，莫里亚蒂先生，'我说道，'为了答谢你，我发誓，只要能毁灭你，那么，为了公众的利益，即使和你同归于尽，我也无悔。'

"'我答应与你同归于尽，但绝不是你毁灭我。'他怒吼着走出房去。

"我和莫里亚蒂教授的谈话到此为止。我承认我心里确实不舒服。他说得那么平静、肯定，我相信他是有备而来的。一个普通的罪犯是办不到这一点的。你很可能会问我：'为什么你不找警察盯着他呢？'因为我相信他会叫爪牙来加害我。我有最充分的证据，证明事情一定会发展到如此地步。"

"你已经遭到袭击了吗？"

"我亲爱的华生，莫里亚蒂教授是一个不失时机的人。那天中午我到牛津街办事，刚到本廷克街和韦尔贝克街十字路口的转弯处时，一辆双马货车像闪电一般向我驰来。在这千钧一发之际，我猛地跳到人行便道上才幸免于难。货车眨眼间冲过马里利本巷飞驰而去。这件事后为了安全我便只走人行道，华生，可是当我走到维尔街时，突然从一家屋顶上落下一块砖在我脚旁摔得粉碎。我找来警察，检查了那个地方，屋顶上堆满了修房用的砖瓦。他们对我说是大风在作祟。我心里明镜一般，却找不出证据证明是有人加害于我，后来，我便叫了一辆马车，到蓓尔美尔街我哥哥家，在那里度过了白天。方才我到你这里来时，在路上又遭到歹徒的大头棍棒的袭击，我打倒了他，警察把他拘留起来。我的手就是因为打在他的门牙上才把关节蹭破了。但是警察绝对不可能查出歹徒和莫里亚蒂之间的关系。我确信，那位教授现在正站在十英里以外的一块黑板前面解答问题呢。华生，现在你该理解我到你家首先关好百叶窗，然后又请你允许我从你的后墙而不从前门离开住宅的原因了吧？"

我非常佩服我朋友英勇无畏的精神，他讲述的这一系列突发事件用恐怖去形容也不为过。现在，他坐在那里心平气和地讲着这一天所经历的那些令人胆战心惊的恐怖事件，这使我对他更加钦佩了。

"你在我家过夜吧！"我说道。

"不，这样会给你带来危险。我已做好准备，一切都会顺利的。现在我不用再帮忙了，警察已经有能力逮捕那些不法之徒了，我只需将来出庭作证了。所以，在警察采取行动前，我最好离开此地，这样便于警察自由行动。如果你能陪我到欧洲大陆去旅行一趟，那将是我最快乐的一件事。"

"最近医务恰好不忙，"我说道，"我又有一位愿意帮忙的好邻居，我很高兴陪你前往。"

"你不反对明天早晨动身吧？"

"当然可以。"

"那好，下面我告诉你怎样做。亲爱的华生，你一定要一丝不苟地去照做，因为现在我俩正在同最狡诈的暴徒和欧洲最大势力的犯罪集团殊死一搏。注意！你不管带什么东西，都不要在上面写明发往何处，并在今晚派一个可靠的人送往维多利亚车站。明天早晨你雇一辆双轮马车，但嘱咐你的仆人不要雇第一辆和第二辆主动来揽生意的马车，你坐上双轮马车，在纸条上面写上驶往劳瑟街斯特兰德尽头处并交给马车夫，告诉他别把纸条扔掉。你要事先把车费付清，车一停马上穿过街道，在九点一刻到达街的另一端。你会见到一辆四轮轿式小马车在街边等着，赶车的人

身披黑色斗篷，领上镶有红边，你上了车，便能及时赶到维多利亚车站搭乘开往欧洲大陆的快车。"

"我在哪里和你会合？"

"在车站。我们订的座位在从前往后数第二节的头等车厢里。"

"就是说车厢是我们的会合地点了？"

"是的。"

我留福尔摩斯过夜，他执意不肯。显然他认为他的留宿会给我招惹麻烦，所以他必须离开。他简略地讲明了我们明天的计划，便起身和我一同走进花园，他翻墙到了莫蒂默街，我听见他立即唤来一辆马车乘车离去。

第二天一早，我一丝不苟地按照福尔摩斯的吩咐去做，采取了谨慎的措施防止来的马车是专等我们往下跳的陷阱。我吃过早饭，选定了一辆双轮马车，立即驶往劳瑟街，后来我飞速穿过这条街。一位身材高大的车夫披着黑斗篷，驾着一辆四轮小马车正等在那里，我一步跨上车，疾驰往维多利亚车站，我一下车，他便调转车头飞驰而去。

目前为止，一切进展极为顺利，令我钦佩不已。我的行李已在车上，我非常顺利地找到了福尔摩斯指定的车厢，因为只有一节车厢上标着"预订"字样。现在只有一件事使我心急：福尔摩斯还没来。我看了看车站上的钟，距开车时间只有七分钟了。我在一群旅客和送站的人群中寻找他那瘦削的身影，却毫无收获。我见到一位年龄很大的意大利教士，说着蹩脚的英语，费力地想让搬运工明白，他的行李要托运到巴黎。我便上前帮了点忙费了几分钟。然后我又环顾四周。回到车厢里，发现那个搬运工竟然不顾票号，把那位意大利教士领到我的车厢。尽管我对老教士百般解释，告诉他那是别人的座位，可是根本没用，因为我说意大利语比他说英语还糟，最后我只好无奈地耸了耸肩，继续焦虑地寻找我的朋友。我想到昨夜他可能是遭到了袭击，所以今天没来，不由得一阵紧张。火车所有的门都关上了，汽笛响了，此时……

"亲爱的华生，"耳旁传来一个声音，"你还没有向我道早安呢。"

我大吃一惊，急忙转头，这时那位老教士向我转过脸来。他先前那满脸的皱纹突然不见了，鼻子变高了，嘴也不瘪了，呆滞的双眼变得炯炯有神，佝偻的身体也舒展了。然后整个身躯又舒展开了，福尔摩斯又倏地出现了。

"天哪！"我失声叫道，"你吓死我了！"

"我们还要严密防范，"福尔摩斯悄悄地说，"我有理由认为他们正在追赶我们。看，那就是莫里亚蒂教授本人。"

福尔摩斯说时，火车已经启动。我向后看了一眼，见到一位身材高大的人猛然从人群中挤出来，不住挥手，似乎想叫火车停下来。然而太晚了，因为我们的列车已驶出了车站。

"在严密的防范下，我们得以顺利地脱身。"福尔摩斯笑容满面地说着站起身来，脱下伪装用的教士衣帽，装进手提包里。

"今早的晨报看了吗，华生？"

"没看。"

"那么，你不知道贝克街发生的事吗？"

"贝克街？"

"昨夜他们把我们的房子点着了，不过损失还不算太惨重。"

"天啊！福尔摩斯，我简直难以想象！"

"从那个用大头棒袭击我的人被捕以后，他们就不知道我的行踪了，否则他们不会认为我回家了。不过显然他们事先已派人监视你了，否则莫里亚蒂不会跟到了维多利亚车站，你来时没有泄露行踪吧？"

"我完全是照你的话去做的。"

"你找到那辆双轮马车了吗？"

"找到了，它正在那里等着。"

"你认识那个马车夫吗？"

"不认识。"

"他就是我哥哥迈克罗夫特。办这样的事，雇人是不安全的。好了，现在我们必须制订好对付莫里亚蒂的对策。"

"这是快车，而轮船又和这列车联运，我想我们已经成功地把他甩掉了。"

"我亲爱的华生，你一定忘记了，他的智力与我相当。如果我是那个追踪者，你决不会认为，我会被这样一个小小的障碍给难倒，那么他也决不会被这点事难倒的。"

"他又有什么办法呢？"

"我能做的，他也能做。"

"那么，你该采取什么措施呢？"

"订一辆专车。"

"可是时间来不及了。"

"完全来得及。这趟车要在坎特伯雷站停车，经常耽搁一刻钟左右，这样莫里亚蒂会在码头上抓住我们的。"

"那样别人还会误以为咱们是罪犯呢。我们为何不在他来到时先逮捕他？"

"如此一来，我三个月的心血和计划就全落空了。大鱼虽然捉住了，可是那些小鱼就会横冲直撞，成为漏网之鱼。不过，到了星期一，我们就可以使他们全部落网。所以，决不能逮捕他。"

"那我们怎么办呢？"

"我们在坎特伯雷站下车。"

"然后呢？"

"啊，然后我们去漫游，先到纽黑文去，再到迪埃普去。在这种情况下莫里亚蒂会像我一样认为我们去了巴黎，在那儿找到我们托运的行李，在车站等候两天。他怎么也不会料到，那时我们买了两个毡睡袋，已悠闲自在地经过卢森堡和巴塞尔到瑞士去旅游了。"

所以，我们在坎特伯雷站下了车，下车后发现要等一小时才有车到纽黑文。望着那节载着我全套行装的列车疾驰而去，我的心情依然沮丧。这时福尔摩斯拉了拉我的衣袖，示意我向远处看。

"你看，他果然来了。"他说道。

远方，从肯特森林中升起一缕黑烟，很快就可以看到机车牵引着列车爬过弯道向车站疾驰而来。我们刚刚在一堆行李后面藏好，那列车就鸣着汽笛隆隆驶过，一股热气扑面而来。

"他走了，"我们见那列车飞速越过几个小丘，福尔摩斯说道，"你看，我们朋友的智力毕竟比我稍逊一筹。他如果能把我推断的事推断出来，并及时采取行动，那他就相当高明了。"

"如果他真的追赶上我们，那他会怎么做呢？"

"他必然要杀死我们。不过，这场搏斗目前还未分胜负。摆在我们眼前的问题是，我们是在这里提前进午餐呢，还是赶到纽黑文再找饭吃？不过，到了纽黑文后你要有饿肚子的准备。"

当晚我们到达布鲁塞尔，在那里待了两天，第三天到达斯特拉斯堡。星期一早晨，福尔摩斯给苏格兰场发了一封电报，晚上我们返回旅店时便接到了回电。福尔摩斯拆开电报，然后便大怒地把电报扔进了火炉。

"我早就应该预料到这一点！"福尔摩斯哼了一声说道，"他逃之夭夭了。"

"是莫里亚蒂吗？"

"苏格兰场破获了整个犯罪集团，可就是让莫里亚蒂溜了。我既然已离开了英国，又有谁是他的对手呢？可是先前我却认为，苏格兰场已经胜券在握。我看，你最好还是回英国去，华生。"

"为什么？"

"因为现在你和我同行，时刻处于危险中。他的老巢已被连窝端了，他如果一回伦敦，马上就会被逮捕。依我对他性格的了解，他一定要找我复仇，所以我必须劝你回去行医。"

我曾多次协助福尔摩斯办案，又是他的老朋友，所以他善意的建议使我很难接受。关于这个问题，我们坐在斯特拉斯堡饭馆里争论了半小时，在当夜决定要继续旅行，后来平安到达了日内瓦。

我们一路漫游，在隆河峡谷度过了心旷神怡的一周，然后从洛伊克转路前往吉米山隘，山上依然白雪皑皑，最后取道因特拉肯前往迈林根。这是一次令人陶醉的旅行，山下春光明媚，一片诱人的绿色，山上依然是白茫茫的寒冬景色。即使如此，我心里也明白，福尔摩斯的心上也时刻笼罩着阴影。无论是在民风淳朴的阿尔卑斯山村，还是在人迹罕至的山隘，他警惕着自己身旁来来往往的每一个人。从这件事可以看出，他确信不管我们走到哪里，都有被人跟踪的危险。

一次我们通过了吉米山隘，步行在令人抑郁的道本尼山边界，突然一块大山石从右方山脊上滚落，咕咚一声，滚到我们身后的湖中。福尔摩斯马上跑上山脊，站在高耸的峰顶，引颈四望。尽管我们的向导向他保证，春季这个地方山石坠落是常有的事情，但他仍然不相信。他虽然一言不发，但向我微笑着，带着那种"我早就料到"的神情。

他虽然十分警惕，但并不灰心丧气。相反的是他精神相当振奋，是以前从未见过的，他不止一次地反复提起：如果他能为社会除掉莫里亚蒂这个大祸害，那他就欣慰地结束他的侦探生涯。

"华生，我完全认为自己此生没有虚度，"福尔摩斯说道，"如果我生命的旅程到此终止，我也可以毫无愧疚地安然去见上帝。我的存在使伦敦的恶浊空气得以净化。在我办的一千多件案子里，我自信我的力量从未用错过地方。我不太喜欢研究我们社会那些肤浅的问题，因为那是由我们人为造成的，我更喜欢研究大自然提出的问题。华生，当我把那位欧洲罪大恶极的罪犯抓获或消灭之时，我的侦探生涯也就随之画上句号了，而你的回忆录也可以收尾了。"

我尽我所能简明扼要而又准确无误地讲完我这个故事。我本来是极不情愿讲述这件事的，但强烈的责任心不允许我遗漏任何细节。

5月3日，我们到了荷兰迈林根的一个小村镇，住在老彼得·斯太勒的"大英旅馆"里。店主是个聪明人，曾在伦敦格罗夫纳旅馆当过三年侍者，会说一口流利的英语。4日下午，在他的建议下，我们两人一起出发，打算翻山越岭到罗森洛依的一个小村庄去过夜。不过，他还建议我们可以稍微绕一些路去见识一下半山腰上著名的莱辛巴赫瀑布。那儿的景色果然名副其实，煞是壮观。融雪汇成激流，奔腾而下，流入万丈深渊。河流注入的谷口本身就有一个巨大的裂缝，黑山岩耸立在两岸，裂缝顺流渐渐变了，乳白色沸腾的水流泻入无底深渊，迸溅出一股激流从豁口处急流下来，倾泻而下的水流发出雷鸣般巨响，浓密而跳跃的水帘永不疲倦地发出声响，湍流与喧嚣声使人头晕目眩。我们站在山边凝视着下方拍击着山岩的浪花，倾听着深渊发出的咆哮的隆隆响声。

半山腰处环绕着瀑布辟有一条小径，使游客容易纵览瀑布壮观的景色，可惜小径突然终止，游客只好原路返回。我们也只好如此，忽然，一个瑞士少年拿着一封信顺小路跑过来，把信交给我。信上有我们刚刚离开的那家旅馆的印章，是店主写给我的。信上写着，在我们离开不久，来了一位英国妇女，患肺结核已到晚期。她在达沃斯普拉茨过冬，现在到卢塞恩旅游探访亲友。不料她突然咯血，几小时之内性命堪忧，如能有一位英国医生为她诊治，她会不胜感激，问我可否返回一趟。心地善良的店主斯太勒在附言中说这位夫人拒绝瑞士医生诊治，他别无办法只好自己出面；我如允诺，他本人将对我感激之至。

这恳切的请求是不能置若罔闻的，我不忍心拒绝一位身处他乡的生命垂危的女性的请求。可是这样我便得离开福尔摩斯，对此我犹豫再三。最后我俩商定，在我离开的这段时间，他把这位送信的瑞士青年留在身边做向导和旅伴。福尔摩斯说，他要在瀑布旁稍作逗留，然后步行越山前往罗森洛依，我在傍晚时分到那里和他会合。我转身走开时看到福尔摩斯背靠山石双手抱臂，居高临下俯视着奔腾的流水。不料这竟是我与他的诀别。

当我走下山坡回顾时，瀑布已杳无踪迹，但山腰那条通往瀑布的曲折小径仍可望见。在一片绿阴映衬下，他黑色的身影清晰可见。我注意到他走路时那种斗志昂扬的样子，我因有急事在身，很快便把他忘却了。

我走了约一个多小时，才到迈林根。老斯太勒正站在旅馆门口。

"喂，"我急忙走过去说道，"她病情没有恶化吧？"

他顿时面呈惊讶之色，见他双眉向上一扬，我的心不由得一沉。

"这封信不是你写的吗？"我从衣袋里掏出信来问他道，"旅馆里没有一个患病的英国女士吗？"

"当然没有！"他大声说道，"可是这上面怎么会有旅馆的印章？！哦，这一定是那个高个子英国人搞的鬼，他是在你们走后来到这里的。他说……"

他的话还没说完，我便大惊失色地沿村路飞奔向方才走过的小径，来时是下坡路，返去便是上坡路，我走了一个多小时，尽管我拼命快跑，也用了两个多小时才到莱辛巴赫瀑布。福尔摩斯的登山手杖依然靠在我们分手时他靠过的那块岩石上，却不见他的踪迹。我声嘶力竭地喊着，可是回应我的只有山谷的回声。见到登山杖，我不由惊恐万状，看来他没有去罗森洛依，在遭到劲敌突袭时，他依然待在这条一边是峭壁、一边是深涧的三英尺宽的小径上。那个瑞士少年也不见了踪影。他有可能是收了莫里亚蒂的赏钱走了，只留下这两个仇家。谁来告诉我后来究竟发生了什么事？

这事把我吓得晕头转向，站了几分钟后我竭力使自己镇静下来。我先想起福尔摩斯的侦查方法，想借此查明事情的真相，哎，这不太难。我们谈话时，还没有走到小径的尽头，登山杖表明了我们曾经站过的地方。微黑的土壤受到水花的喷溅，始终是松软的，即使一只小鸟落在上面也会留下痕迹。在我脚下，有两排清晰可见的脚印一直通向小径尽头并没有返回的痕迹。在距离小径尽头几码之处，地面被踩得泥泞不堪，裂缝边上的荆棘和羊齿草也被抓乱浮在泥水中。我蹲在缝边，仔细查看。水花在我周围跳跃。我离开旅馆时，天色已暗，现在我只能看到黑色峭壁上的明亮水珠，以及峡谷远处水花飞溅的闪光。我大声呼喊，但入耳的只有那瀑布奔腾的咆哮声。

天助我也，我发现了福尔摩斯的遗言。我方才讲过，他的登山杖斜靠在小径旁

的一块凸出的岩石上。黑暗之中，这块岩石顶上有一个闪闪发亮的东西进入我的视线，我取下一看，发现它原来是福尔摩斯经常随身携带的银烟盒。拿起烟盒后，烟盒下压着叠成小方块的纸飘落到地上。我打开了它，一看是用从笔记本撕下的三页纸给我写的短信。它完全显示出福尔摩斯的独特风格，即使身处如此境地，指示也照常准确明了，笔力刚劲，仿佛是在书房写成的。信上写道：

我亲爱的华生：

承蒙莫里亚蒂先生的好意，我可以写下这几行字。他正等着对我们之间的夙愿进行最后的了结。他已向我略述了他是如何摆脱英国警察并查明我们的行踪的。这更加确定无疑地证实了我对他的才能所做的极高评价。我一想到我能为社会除掉他这个祸害，心里就满怀喜悦，但恐怕这会给我的朋友们，尤其是你——我亲爱的华生，带来痛苦和悲哀。不过，我先前已向你解释过了，我的生涯到了尽头，对我来说，这样的结局是最令我心满意足的了。我向你坦白，我完全看穿迈林根的来信是一场骗局，我之所以让你走开，是因为我确信，一系列类似的事情总会不期而至。请转告警长帕特森，他所需要的给那个犯罪集团定罪的证据，放在字首为 M 的文件里面的一个蓝信封中，上面写着"莫里亚蒂"。离开英国之前，我已将薄产做了处理，并已交付我兄迈克罗夫特。请向你夫人转达我亲切的问候，我的朋友。

你忠诚的夏洛克·福尔摩斯

剩下的事几句话就能说清楚了。经过专家的现场勘查，确定在当时的情况下，两人扭打了在一起，进行过一场肉搏战，最后双双坠入裂缝，想要找到他们的尸首是毫无希望了。当代最危险的罪犯和最卓越的护法卫士，将永远葬身在那激荡与沸腾的无底深渊中。那个瑞士少年好似突然间从地球上消失了，显然他是莫里亚蒂雇佣的爪牙。至于那个匪帮，公众大概都还记得，福尔摩斯所搜集的铁证如山的证据揭露了他们的组织，揭露了死去的莫里亚蒂的铁腕对他们的严密控制，他们在整个诉讼过程中极少谈及那个可怕的头领。我现在之所以和盘托出他的全部罪恶勾当，是因为那些伪君子们竟然枉费心机地想借用攻击福尔摩斯来纪念莫里亚蒂，我忍无可忍。福尔摩斯永远是我所知道的最优秀的人，最机智的人。